Einaudi. Stile Libero Extra

Pubblicato in accordo con Chora Media

www.einaudi.it

ISBN 978-88-06-25288-5

Sabrina Efionayi

Addio, a domani

La mia incredibile storia vera

Einaudi

Addio, a domani

Prologo

Questa storia avrei voluto scriverla dicendo: io. Perché è la mia. A mano a mano che ci entravo, però, mi sono resa conto di non riuscirci – troppo difficile, troppo doloroso. Avevo bisogno di prendere le distanze, di guardarmi dall'esterno, come se quella che stavo raccontando non fosse la vita mia, ma di qualcun altro.

C'era da scavare dentro la sofferenza di mia madre, dentro le scelte di mio padre, afferrare l'amore di chi mi ha salvato la vita e mi è stato accanto nonostante non avesse obblighi nei miei confronti, evocare persone che oggi non ci sono piú e che comunque sento con me, dentro di me, in modo fortissimo.

Era troppo.

Ecco perché l'ho scritto dicendo: lei. Sabrina. Una ragazza napoletana afro-discendente che un bel giorno decide di fare i conti con il tempo, di aprire certi cassetti della memoria e di ordinarne il contenuto sul letto, come quando si parte per un viaggio e si prepara la valigia. Ecco, io ora vi chiedo di partire con me.

Abbiate fiducia. Datemi la mano.

1.

Domenica 23 novembre 1980 un violento terremoto colpisce l'Irpinia causando quasi tremila morti e piú di trecentomila sfollati. Molte famiglie napoletane le cui case non sono piú agibili vengono ospitate prima in appartamenti e alberghi vicini alla stazione e poi spostate in certi palazzi enormi appositamente costruiti a Scampia di fronte al carcere di Secondigliano. Schiere di condomini grigi alti tredici piani, tutti uguali, tanto che per distinguerli bisogna affidarsi ai panni stesi e ai vasi alle finestre. Ogni tanto passa un furgoncino che vende pizze fritte: la voce dell'uomo la sentono anche ai piani alti. Dal lato opposto dei palazzi c'è un campo da calcio, luogo di ritrovo di giovani e ragazzini. Nel secondo palazzo da sinistra abita una famiglia arrivata da Sant'Antonio Abate – o buv'r – a cui è stato assegnato un appartamento con cinque camere.

Partiamo da qui. Da questa famiglia. Un padre, una madre e un pugno di figli.

Tra di loro c'è Nando. Nando si sposa con Maria che ha poco piú di vent'anni. Non avendo una casa in cui andare a vivere quando nasce il primo figlio, Salvio, restano nell'appartamento di Secondigliano con i genitori, i fratelli e le sorelle. Salvio cresce tra nonni e zii: una bella famiglia, calorosa, unita. Ma quando alla coppia nasce un secondo figlio, Luca, a quel punto le pareti si stringono. Al netto dell'amore e della generosità, con l'arrivo di Luca la casa diventa piccola anche per una famiglia tanto affiatata: troppe vite ammucchiate una sopra l'altra. Nando e Maria devono decidere che fare. Ed è per questo che una sera, in auto, di ritorno da Castel Volturno, dove nel frattempo è andata a vivere Nunzia, una delle sue sorelle, Nando afferra la mano di Maria e le dice: – Ascolta, voglio comprare un terreno. Costruire una casa.

– Un terreno? Ma che dici, dove?

– Dove sta Nunzia. Al Villaggio.

Il villaggio di cui parla è il Villaggio Coppola, una frazione di Castel Volturno sorta disordinatamente a partire dai primi anni Sessanta. Per molto tempo il lungomare del Villaggio ha ospitato le famiglie dei militari americani della base Nato di Napoli diventando il sogno di ogni vacanziere alto borghese: belle spiagge e aria pulita. Poi le famiglie americane sono andate via e hanno iniziato ad arrivare quelle napoletane.

Quella sera, tornando in città, Maria, che è nata e cresciuta nel cuore di Napoli, guarda suo marito come se lo vedesse per la prima volta. Andare a vivere a Castel Volturno significa lasciare la sua storia, le sue amicizie, la famiglia. Significa ricominciare da capo. Si guarda attorno e pensa a cosa comporterebbe quella scelta.

– Ma se ci trasferiamo, – dice incredula, – significa che i nostri figli non cresceranno a Napoli –. Le sembra un pensiero enorme, quasi irreale.

– E allora?

– E allora... a me Napoli piace.

– Ma che dici, Maria –. Mentre guida, con i fari che illuminano la strada, Nando scuote la testa. – A Napoli si soffoca. Secondigliano è come le sabbie mobili, se ti muovi ti inghiotte. Napoli è tutta vicoli e cemento. A me piace respirare. Mi sono sempre piaciuti gli spazi aperti. Io voglio costruire una casa tutta per noi, per noi e per i nostri figli. Che vivano con l'aria buona. A Castel Volturno questa cosa si può fare. Fidati, Maria. È la cosa migliore.

Mentre viaggiano, il sole che tramonta sul mare, i bambini che sonnecchiano cotti dalla salsedine, Maria chiude gli occhi. Pensa al terremoto del 1980, pensa alle baracche in piazza Mercato, alle condizioni di vita insostenibili, al padre esausto che andava in Comune e s'attaccava alle finestre. Se lo ricorda arrampicato sui muri, con le mani strette alle ringhiere, gridare: – O ci date una casa, o j' m' jiett' abbasc'! – Ecco quanto conta una casa. Se c'è una cosa che non deve mancare nella vita di un uomo, di una donna, di una famiglia, è un posto da chiamare casa, un luogo in cui sentirsi accolti e che sappia sorriderti e far sentire protetti i tuoi figli. Maria pensa che Nando ha ragione. Ed è cosí che all'improvviso spalanca gli occhi, con le parole del marito piantate in testa, Luca in braccio e lieve, in sottofondo, il respiro placido di Salvio sdraiato sul sedile.

– Facciamolo, – risponde Maria. – Facciamo casa al Villaggio.

Nando lavora per un'impresa edile. Passa gran parte del tempo fuori città e ogni mese torna a Napoli solo per un paio di fine settimana. Tutto ciò che guadagna lo aggiunge ai soldi che i genitori gli hanno prestato per acquistare il terreno, un appezzamento come voleva lui, dove voleva lui, non distante dalla casa di sua sorella Nunzia. Un posto che in spiaggia ci vai a piedi. Una via tranquilla dietro a uno dei ristoranti piú in voga. Una zona verde, con tanti alberi, lontana dalla strada principale quanto basta per non essere infastiditi dal traffico. I supermercati vicini.

Ed eccoli, alla fine degli anni Novanta, sotto il cielo azzurro di Castel Volturno c'è Maria piegata sulle ginocchia, con un abito estivo, largo, intenta a lavare i bambini dentro un'enorme bacinella blu; le risate di Luca e Salvio, i colpi di martello e di spatola di Nando e di chi lo aiuta. Tutto ciò che Maria porta con sé, durante quei fine settimana di lavori, sono quella bacinella enorme e un forno elettrico: il necessario per bivaccare una giornata prima di tornare a Secondigliano dopo aver tirato su un muro, piastrellato un balcone, interrato dei tubi. Quando nasce Davide, il terzo figlio, la casa è praticamente finita. Sono stati anni difficili, sono persino stati lí lí per mollare, ma alla fine ce l'hanno fatta e gli occhi di Salvio, Luca e Davide che luccicano di affetto per quello spazio, per quell'aria, valgono ogni goccia di sudore versato.

Di fronte a loro, dall'altra parte della strada, abita una coppia anziana. È una villa a due piani di un bianco sbiadito con ampie macchie di muffa formatasi negli anni a causa dell'umidità. Le persiane sono di un rosso acceso. Il giardino è grande, ma le piante sono malate perché nessuno se ne prende cura. In ogni caso, Nando e Maria fanno appena in tempo a imparare i loro nomi che gli anziani si trasferiscono. Non si creano ricordi, con quei vicini, succede tutto in fretta. Al posto loro arriva una coppia di nigeriani, Joy e Frank. Risiedevano già in zona e Maria e Nando sanno chi sono, ma giusto quanto serve per dire «buongiorno» e «buonasera». Sono loro coetanei, hanno una figlia che si chiama Sabrina, poco piú grande di Luca, ed è chiaro come tirano a campare, perché a casa loro vivono altre persone, soprattutto giovani provenienti da Paesi africani, ragazze che vanno e vengono, che arrivano a ogni ora del giorno e della notte con uomini appresso, maschi bianchi. Nessuna di loro parla bene l'italiano e di solito è Joy a tradurre. Joy che le comanda a bacchetta. Joy che non le lascia quasi mai sole e ogni volta che rincasano è lí, fuori dalla porta, ad aspettarle.

Prostituzione, ecco cosa.

Nando e Maria l'hanno capito.

Ci sono sere, soprattutto quando fa caldo, che dalla villa arriva un frastuono impossibile: musica, voci. La polizia, chiamata dai vicini, interviene piú di una volta. Ma anche se le acque si calmano per brevi periodi, non c'è molto da fare: la burrasca torna a farsi sentire. Una notte, rigirandosi inquieto fra le lenzuola, i suoni dell'ennesima festa che si insinuano tra le fessure delle finestre, Nando si chiede se ha fatto bene a trasferirsi lí. Lui mica lo sapeva quanto stesse cambiando il Villaggio. E a dirla tutta, manco sua sorella Nunzia se n'era accorta. Il dolore e la povertà che speravano di essersi lasciati alle spalle sono di nuovo lí che bussano alla porta. Tanto quanto d'estate c'è il mare, lo splendore delle palme lungo la darsena, i ristoranti di pesce e le passeggiate. Ma d'autunno e d'inverno, quando i turisti se ne sono andati e c'è molta meno gente, ogni piccolo difetto emerge con livore e crudeltà.

Le ultime ragazze arrivate nella casa di Joy e Frank hanno tutte sui vent'anni, sono scontrose, arrabbiate, riservate. Solo una di loro, quando incrocia Maria, le rivolge un sorriso timido e un saluto. Maria ricambia.

La ragazza si chiama Gladys.

È nigeriana. Ha diciannove anni. Indossa sempre abiti larghi.

Quando Davide compie due anni Nando e Maria vorrebbero organizzargli una festa, ma non conoscono molte famiglie con bambini in quella zona e allora invitano Sabrina, la figlia di Joy e Frank, pensando di fare una cosa buona, che fare amicizia possa essere il modo migliore per convivere. Alla festa di Davide, insieme a Joy e Sabrina, arriva anche quella ragazza nuova, Gladys. I bambini, per la maggior parte cugini, figli dei fratelli e delle sorelle di Nando e Maria, le girano intorno rincorrendosi e dando calci ai palloncini colorati. Maria si accorge che Gladys li guarda con curiosità: nota i sorrisi pieni di denti minuscoli, le labbra sporche di cioccolato, gli occhi gonfi di emozione a ogni regalo scartato.

Mentre stanno distribuendo la torta Nando le passa accanto e vede che ha lo sguardo perso. – Gladys.

– Sí?

– Tutto bene? Vuoi mangiare qualcosa?

Nessuna risposta.

Nando si stranisce, non aggiunge altro e va da Maria scrutando la ragazza nera di sottecchi, dice: – Senti, ma secondo te ha vergogna? Mi sembra a disagio?

– Chi?

– Gladys. È lí chiusa in un angolo. Vedi un po' se vuole qualcosa... a me non dice niente.

– E ci credo, con tutta 'sta gente che non conosce. Aspe', mo le porto io un piattino –. Maria taglia una fetta di torta e prende una forchettina, si avvicina alla ragazza e dice: – Non vuoi mangiare qualcosa? Non hai preso niente.

Gladys fissa il piatto, sta per fare un sorriso, ma d'un tratto cambia espressione e la faccia si accartoccia in una smorfia di disgusto. – No... scusa, grazie.

Maria nota in lei qualcosa di strano e familiare, poco piú che una sensazione. – Non ti piacciono i dolci?

– Mi piacciono.

– E allora perché non lo vuoi?

Gladys scuote la testa. – Non ho fame.

– Stai male?

– No no, sto bene, – mormora Gladys, abbassando lo sguardo imbarazzata.

È allora che Maria lo intuisce: quella espressione nauseata, quel maglione largo che nasconde il corpo, le mani delicatamente appoggiate al ventre. La osserva da capo a piedi e si specchia nella sua tenerezza, quella fragilità che conosce bene, che lei ha già affrontato tre volte. Capisce cosa sta succedendo. Le appoggia una mano sulla spalla.

– Gladys, – dice abbassando la voce. – Aspetti un bambino?

L'imbarazzo negli occhi della ragazza diventa terrore. Gladys scuote la testa e prova a negarlo, dice che no, non è vero, ma lo dice con una foga tale che è evidente che sta mentendo. Maria insiste, e forse è l'amore da madre che brilla nei suoi occhi che scioglie la paura di Gladys e fa affiorare le lacrime. Gladys si guarda intorno, si china su di lei e la implora di non dirlo, di non dirlo a nessuno, di evitare che *lei* lo venga a sapere.

– Chi?

– Joy, – dice Gladys tremando. – Non vuole che tenga il bambino. Ti prego, non dirlo a Joy.

2.

Ricordi i piedi sulla terra arida del tuo villaggio? Lí dove sei nata, a Benin, nello stato di Edo. Avevi sette anni e ti fermavi spesso a osservali, nudi e piccoli, ricoperti di polvere gialla. Sentivi il calore della terra sotto le piante dei piedi, chiedendoti per quanto saresti riuscita a resistere, immobile, prima che il calore diventasse insostenibile. Prima per te era tutto un gioco, non avevi motivo di pensare che quegli istanti di calore sarebbero svaniti, che ben presto avresti fatto i conti con il mondo, già da bambina, perché quando la vita ti prende a schiaffi non è che ti chiede quanti anni hai. Quei momenti vuoti in cui non pensavi a nulla li avresti portati con te a lungo. Fermavi il mondo intero, ti inginocchiavi e fissavi gli insetti camminare in fila, li proteggevi con la mano creando un ombrello d'ombra. Le persone ti passavano accanto e non ti aspettavano, perché nel villaggio dov'eri cresciuta, quello di tua madre, tutti si muovevano in fretta.

Anche gli altri bambini correvano, ti giravano attorno e urlavano il tuo nome in benin, il nome che aveva scelto tuo padre: *Esosa* – dono di Dio. Loro ti chiamavano ma tu non li sentivi, persa tra i tuoi pensieri, cosí piccola e cosí distratta dalle cose del mondo. Eri curiosa. Alzavi lo sguardo e lo spostavi dai piedi all'enorme palla di fuoco sopra la tua testa, tenendo gli occhi aperti finché non iniziavano a lacrimare. Scuotevi il capo appena rasato per l'inizio della scuola. Aprivi le braccia e lasciavi che gli altri bambini ci si scontrassero correndo. Con il calore della terra ancora impresso nella pelle urlavi di aspettarti, di non lasciarti indietro.

Osservarvi le donne con i figli appisolati sulla schiena e stretti nei *pagne*. Anche tu giocavi a fare la mamma con i fratelli minori, li stringevi a te usando un vestito rubato a tua madre. Li afferravi per le gambe. Vi arrampicavate su e giú dai letti. Attorno alla testa, come uccelli, cinguettavano stormi di risate. Tua madre Felicia passava la maggior parte della giornata insieme alle altre donne, all'aperto, a preparare da mangiare.

Una sera tua nonna, la mamma di tua mamma, si è seduta su una vecchia sedia all'angolo e ha preso della frutta, tu sei rimasta imbambolata a fissarle i lunghi capelli neri.

– *Esosa, vbèè óye hé?* – Come stai?, ti ha chiesto, guardandoti.

Tu l'hai salutata: – *Òy' èsé!* – Sto bene.

Tua madre ti ha detto di non darle fastidio, ma la nonna invece ha fatto cenno di avvicinarti e dirle di cosa avessi bisogno. Tu volevi sapere perché i suoi capelli erano cosí lunghi. Non eri abituata a vederli cosí lunghi e folti sulle donne nere. Le donne del villaggio li tenevano corti. Lei ha sorriso e ha detto che le donne nere conservano un potere speciale nei loro capelli e con la giusta cura e il giusto amore li avresti avuti cosí anche a tu. Ma tu i capelli lunghi non li hai mai sopportati. Dicevi che ti davano fastidio e che preferivi averli corti come i maschi. Eri solo stupefatta dalla bellezza dei suoi. Avresti voluto toccarli, ma sapevi che sarebbe stata una mancanza di rispetto.

Tua madre ti ha chiamata e ti ha chiesto di aiutarla a cucinare. Eri la secondogenita, la prima femmina, era tuo dovere imparare a cucinare e aiutare la madre. Quella sera avete preparato il tuo piatto preferito e tu dopo sei corsa per la casa, felice, dicendolo a tutti: – Rice and stew! Rice and stew! – L'unico assente sarebbe stato tuo padre, Osariemen, che lavorava nel villaggio della famiglia. Eri una bambina intelligente. Ciò che notavi lo descrivevi la sera ai tuoi fratelli per farli addormentare: gli raccontavi i numeri che avevi imparato e che sapore avesse il malto che bevono gli adulti, quello che ti era stato detto piú volte di non provare. Loro ascoltavano e mantenevano il segreto.

Quand'eri adolescente vi siete trasferiti a Lagos. Al villaggio vostro padre non guadagnava abbastanza per sfamare la famiglia: in una città piú grande forse avrebbe trovato un lavoro migliore. Ci tenevi allo studio, ma mandarti a scuola era un lusso che i tuoi genitori non potevano permettersi. E poi la scuola era distante chilometri e tutto quel tempo per andare e tornare lo toglievi a tua madre che aveva bisogno di te per stare dietro ai fratelli piú piccoli.

Eravate sette figli, chiusi in una sola stanza, nel cuore popolato di Lagos. Non c'era elettricità, non c'era acqua, c'erano solo i pianti dei bambini e coperte pulite. Le prendevi e le portavi a lavare ogni giorno, insieme alle donne piú grandi che ti guardavano e ti salutavano, e che tu chiamavi zie anche se non c'era nessun legame di parentela. – In segno di rispetto, chiunque sia piú grande di te va chiamato zio o zia, non dimenticarlo mai, *Esosa*, – ti aveva spiegato tua nonna, prima di morire. Morta giovane, prima dei cinquant'anni e dopo aver fatto innamorare decine di uomini. La ricorderai sempre come la donna piú bella che hai mai incontrato: la forma aggraziata delle labbra, il collo lungo e gli abiti, per quanto economici, sempre in ordine; la pelle scura come gli alberi che ti davano ombra nelle giornate afose e liscia come l'acqua del Niger.

Anche tu eri bella. Cosí bella che gli uomini non perdevano occasione di fissarti e chiamarti, di invitarti a uscire con loro, di poter parlare con tuo padre per chiederti in moglie. Ma a te non interessavano quelle proposte: il tuo unico obiettivo era offrire sollievo a tua madre, nient'altro. Tuo padre continuava a lavorare lontano e quando tornava a casa se ne stava in disparte, perso nelle preoccupazioni. Faceva sogni di riscatto, ma ogni tentativo di rinascita sembrava destinato a fallire: il lavoro era poco e tante, invece, le bocche da sfamare. E cosí capitava che nei momenti di maggiore sconforto tua madre stringesse al petto Elvis e Bright, i figli piú piccoli, e insieme vi sedevate a terra e iniziavate a pregare.

Ti ricordi quanto fosse importante per te, la fede? Lo è sempre stata e sempre lo sarà, perché tua madre ti ha insegnato che il credo è l'unica risposta al dolore. Le sue preghiere rivolte al cielo erano l'unico tetto di stelle che potevate permettervi: vi teneva al riparo dalla pioggia e dalle sofferenze. Pregavate e andavate a letto piú sereni. Ogni domenica camminavate lungo le strade affollate di Lagos per raggiungere The Freedom Church. Non potevate permettervi nemmeno un *keke*, quel servizio di trasporto simile ai taxi gialli e senza portiere, un posto davanti e due dietro. Piccoli ma utili, veloci ed economici. Costavano qualche centinaio di *naira*, ma i soldi, quando c'erano, servivano per mangiare. E quindi camminavate e cantavate per allontanare i pensieri dalla fame e dalla stanchezza, per fare spazio alla pace che avreste trovato in chiesa.

Tra i ragazzi del coro ce n'era uno della tua stessa età, Robert. Era bellissimo e aveva una voce stupenda. Era un ragazzo Yoruba, originario di Lagos, ma conosceva perfettamente anche la lingua benin. Cercavate di parlare in inglese. Restavi dopo la chiesa per cantare con lui e un giorno dopo l'altro iniziaste a conoscervi e a piacervi. Innamorarti non era tra i tuoi piani, ma piú avanti, nel corso della vita, ti saresti accorta che l'amore non è programmabile – arriva e basta.

Una domenica, tornati dalla chiesa, hai trovato Bright in lacrime tra le braccia di tua madre. Aveva fame e non c'era niente da mangiare. Allora ti è venuta un'idea. Lo hai preso in braccio e hai detto a tua madre che sareste usciti per una passeggiata. Lei non ha chiesto altro. Bright era un bambino divertente, il tuo preferito tra i fratelli: lo chiamavate *stubborn boy*, ma il suo nome in benin era *Édoseghe* – giorno della vendetta. Tu e Bright avete camminato fino ad arrivare a casa di Robert e una volta lí, dopo i saluti e le presentazioni, la sua famiglia ti ha chiesto se volevate fermarvi a pranzo.

Non ti sei presentata come *Esosa*, ma con il nome inglese: Gladys. I suoi genitori sono rimasti fulminati dalla tua bellezza, dalla tua educazione. Sembravi la donna perfetta per Robert e da quel momento hanno fatto di tutto per vedervi insieme. Hai iniziato a frequentare casa loro ogni domenica, dopo la chiesa, e loro erano felici di avervi ospiti a pranzo. Bright mangiava riso con verdure saltate in padella mentre tu e Robert leggevate passi della Bibbia e provavate i canti. Era perfetto. Poi Robert ha iniziato a chiederti di passare piú tempo con lui. Da sola.

– C'è sempre tuo fratello con noi, – si è lamentato un giorno.

Tu hai guardato Bright ridere e riempirsi la pancia di riso. – Mio fratello è piú importante, – hai risposto.

– Se non puoi stare senza di lui, allora andatevene entrambi, – ha detto Robert.

Quel giorno hai temporeggiato dando tempo a Bright

per finire di mangiare, poi lo hai preso per mano, hai salutato educatamente e sei andata via. Bright aveva ancora la bocca piena di cibo mentre cercava di dirti che i fratelli di Robert gli avevano insegnato a giocare ad *Ayoayo* e che era riuscito a batterli. Tu non avevi mai avuto il tempo di insegnarglielo ed eri contenta che avesse imparato. Lo hai ascoltato mentre fermavi un *keke* per tornare a casa, ma quando l'autista ti ha detto il prezzo della corsa l'hai cacciato. Hai camminato verso casa con Bright sulla schiena. Tuo fratello ti parlava masticando quel po' di inglese che gli avevi insegnato, e prima di arrivare si è appisolato.

Quando siete entrati in casa, Mercy ti è venuta incontro eccitata. – È arrivata una donna dal villaggio! È arrivata una donna dal villaggio! – ha urlato.

– Abbassa la voce, – le hai detto. – Bright dorme.

– Una donna! – ha ripetuto Mercy saltandoti intorno. – Una *madame*! – Avevi mal di testa e non volevi che Mercy ti urlasse nelle orecchie. L'hai afferrata e l'hai trascinata fuori dalla stanza. – Sei impazzita? Di che cosa stai parlando? Perché la chiami cosí?

– *Esosa*! Tu non hai visto com'è vestita quella donna. I suoi abiti sono dell'Europa, è venuta qui e cerca te. Ora parla con mamma, ma cerca te. Ti ha cercata per tutto il villaggio.

Di tua sorella Mercy ricordi soprattutto le chiacchiere e la voce calda. Era una buona osservatrice, gli abiti indossati dalle persone erano sufficienti a farle capire da dove venivano. E ora parlava di una *madame*. Non ricordava il nome, ma era lí per te.

– *Esosa!* – La voce di tua madre.

– *Co iye*, – l'hai salutata.

Alle sue spalle una donna, alta, con delle curve prorompenti e abiti che non avevi mai visto in diciott'anni che eri al mondo. L'hai guardata a lungo prima di trovare il coraggio di salutarla.

– Lei è Joy, ha fatto un lungo viaggio per venire qui, – ha detto tua madre.

Ti sei avvicinata a quella donna vestita d'inganno e le hai rivolto un saluto rispettoso, ma duro. Indossava una parrucca, una delle piú belle che avessi mai visto, simile a quelle delle donne della Freedom Church che abitavano all'estero e tornavano a Natale. Joy aveva portato da mangiare e questo allietava tua madre. Siete uscite e ricordi che Mercy ti dava delle gomitate mentre commentava a voce bassa l'estranea giunta in città.

– La vedi? – diceva. – La vedi? Te l'ho detto che arriva da lontano. Cosa vuole da te, *Esosa*? Cosa vuole?

Tu non ne avevi idea, ma la osservavi pregando che portasse buone notizie.

Avete bevuto bibite al malto e mangiato platano e fagioli dentro piatti smaltati: un regalo di Joy. Dopo cena, dopo aver pregato, tua madre ha mandato i tuoi fratelli e le tue sorelle dai vicini perché tu, lei e Joy poteste parlare con calma. Ti sei seduta a terra, le gambe strette in una gonna nera che scopriva le ginocchia magre e graffiate. Joy ha iniziato a raccontarvi dell'Europa, di quanto fosse grande e bella, delle città e del cibo, delle famiglie e delle ricchezze. Nella tua testa dipingeva un quadro capace di uscire dalle mura di quella camera. Le pareti crollavano e l'aria aveva un profumo diverso.

Le parole hanno un potere immenso, il potere di costruire il futuro, e tu ti aggrappavi a ciò che diceva Joy con la forza che solo la fiducia può dare. È stata una delle prime cose che ho imparato da te: ci vuole forza e coraggio anche nel fidarsi. E in quel momento ti sei sentita fortissima, pronta a prendere il mondo a pugni in faccia se avesse provato a intralciarti: eri disposta a tutto per assicurare un futuro migliore alla tua famiglia.

– Ti interessa cambiare la tua vita e quella dei tuoi fratelli, Gladys?

Joy ha usato il tuo nome inglese: dalle tue parti gli adulti non lo facevano mai. Hai guardato tua madre e nei suoi occhi hai letto paura e sollievo. Avresti voluto dirle che era una domanda sciocca, chiunque avrebbe risposto «sí». Anzi, avresti voluto urlarle in faccia che l'avevi già fatto, che avevi già lasciato la scuola per permettere ai tuoi fratelli di mangiare, che portavi addosso i segni della fame, che le gambe erano stanche di camminare per chilometri ogni giorno e un vestito bello come il suo non avrebbe asciugato tutte le lacrime versate in quegli anni. Invece hai solo detto: – Yes, ma'am[1].

Ci pensi mai a quel momento? A quando hai realizzato che la tua vita sarebbe cambiata per sempre? In fondo avevi solo diciotto anni quando sei partita dalla Nigeria, quando hai abbracciato i tuoi fratelli, quando Bright lo hai stretto cosí forte da fargli male. E quella notte, prima della tua partenza, hai pregato fino alle sei del mattino con tua madre e le tue sorelle piú grandi. Urlavate, pregavate, vi abbracciavate e piangevate. Tua madre ringraziava il cielo per quella possibilità e chiedeva al signore di accompagnarti nel lungo viaggio, di tenerti vicina e al sicuro. Ti ricordi quanti pianti, quella notte? Non hai nemmeno avuto il tempo di salutare Robert. Chissà quando avrebbe notato la tua assenza alla Freedom Church.

Sei arrivata in Italia nella calma tiepida di Castel Volturno. Non parlavi italiano e stringevi ancora al petto

[1] In questo libro ho cercato di rendere i dialoghi in pidgin-english il piú possibile vicini a come effettivamente viene parlata nella realtà questa lingua fra le persone nigeriane.

le parole di Joy. La fiducia non ha lingua e non chiede spiegazioni. La città in cui eri finita era grande, piena di speranza, come l'avevi sognata. Quando sei arrivata non c'erano domande, solo occhi curiosi. Guardavi i piedi chiusi in scarpe strette, lacci bianchi, l'asfalto grigio e privo di odori. Qui la terra sotto i piedi è dura, hai detto a te stessa. Ancora non lo sapevi, ma con la durezza della strada ci avresti fatto i conti.

Ciò che mi terrorizza a volte è la tua età: diciotto, diciannove anni. Perché io non riuscivo a immaginarli certi mondi a diciannove anni. Ci sono cose che non comprendiamo e altre che non vogliamo comprendere perché la bugia in cui veniamo cullati ha un sapore migliore. Non posso biasimarti quando hai creduto che arrivata in Italia avresti trovato un lavoro *vero*, un mestiere che non avesse lo scopo di umiliarti e denigrarti, di farti dimenticare cosa significasse essere umani. Hai sempre lottato per la tua dignità. Hai lottato fino alle lacrime e al sangue per restare viva, ma ti hanno afferrata per le caviglie e ti hanno fatto assaggiare l'asfalto.

Ricordi quando rispondevi a tono a quei ragazzi che ti infastidivano in giro per Lagos? Stringevi Bright nel *pagne* e quasi gli abbaiavi contro, piegavi il busto e gli intimavi di tornare a casa, di trattare le persone con rispetto. I tuoi fratelli ti chiamavano già *mama* perché eri capace di proteggerli e di prenderti cura di loro come una madre.

Quando sei arrivata in Italia di quella mama non era rimasto piú nulla.

Quante cose – mamma – non sarebbero andate come avevi previsto.

3.

A volte, quando Frank non è in città, cosa che succede spesso, Joy si assenta da casa. Prende un autobus e va a dormire da qualche amica. È cosí sicura del potere che esercita sulle sue ragazze da non avere timore nel lasciarle sole per qualche giorno: ciò che le lega a lei vale piú della libertà. Gladys, quando Joy non c'è, è piú serena. Deve comunque darci dentro, trovare i clienti, ma la notte, finito di lavorare, mentre cammina verso un bagno caldo, il pensiero di non dover avere a che fare con lei la fa respirare. Dopo il lavoro Gladys crolla sussurrando preghiere che affiorano sulle labbra con naturalezza. Durante il giorno, invece, finite le faccende domestiche, passa molto tempo con Maria.

Dal compleanno di Davide è trascorso un mese e da quando ha scoperto che aspetta un bambino, Maria le è sempre piú vicina. Gladys la osserva prendersi cura dei figli, scruta i gesti mentre fa loro il bagno, mentre prepara da mangiare. Cerca di aiutarla e allo stesso tempo di imparare tutto ciò che può sull'essere madre e soprattutto sull'esserlo lí, in Italia, e non in Nigeria. Davide ha due anni, ha capelli di un biondo scuro, occhi piccoli e marroni come quelli del padre ed è molto magro, tanto che quando Maria lo tira fuori dalla vasca e lo avvolge in un asciugamano Gladys dice: – Il tuo bambino è davvero magro.

– Eh! Perché mangia poco.

– Non hai cibo?

– Macché, – Maria ride. – Il cibo c'è. È lui che fa lo schizzinoso.

– Ai miei fratelli piace tutto.

Maria sorride senza guardarla. – Vabbe' dài, io dico che anche a loro magari qualcosa non piace. A Davide, per dire, proprio non piace il pomodoro.

Gladys non capisce, scuote la testa. – No, ai miei fratelli piace tutto. Il cibo è buono. Sempre.

Maria la guarda di sottecchi. – Ti mancano, vero?

Gladys annuisce.

– Comunque, chissà, forse anche al tuo bambino non piacerà qualcosa, che dici?

Gladys si porta una mano all'addome, ma la sposta subito: toccarsi la pancia le procura una sensazione strana. Si chiude nelle spalle. – No, a questo bambino piace tutto, – dice. – A me piace tutto e anche a lui piace tutto.

Maria ha ancora molte cose da sbrigare prima che Nando torni dal lavoro.

Gladys la saluta e la ringrazia per aver speso del tempo con lei.

– E di che? – dice Maria. – Qui sei sempre la benvenuta.

Un pomeriggio Maria esce in balcone insieme a Salvio e si avvicina allo stendino con una bacinella piena di indumenti bagnati appena tirati fuori dalla lavatrice. Afferra il cestino con le mollette, ed è lí che guarda il cielo domandandosi se quello che sente nell'aria sia odore di vaniglia o limone o cosa, quando d'improvviso la sua attenzione viene catturata da un movimento lungo la strada. Un ragazzo nero cammina pensieroso verso la casa di Joy. Maria non lo conosce, non l'ha mai visto. Si scambiano un'occhiata, ma lui non le presta attenzione.

Pur non essendo vicinissima, Maria riconosce in quel viso coperto da una barba giovane due occhi stanchi e arrossati, occhi che sembrano pieni di lacrime ma che in realtà – questo non può saperlo, ma lo intuisce – non ne custodiscono nemmeno una. La felpa nera copre le spalle larghe, muscolose, e fascia il busto alla perfezione. Salvio è seduto sulle scale con un libro da colorare sulle gambe e l'attenzione di Maria si sposta di continuo dal ragazzo, al bucato, a Salvio e di nuovo al ragazzo. Da quando si è trasferita a Castel Volturno, quando si è accorta di essere finita in un posto piú movimentato di quanto si aspettasse, Maria ha imparato a essere vigile. Le mani si muovono lente e precise sugli abiti bagnati e ogni volta che il ragazzo solleva lo sguardo verso di lei, Maria china la testa fingendosi indaffarata. Non è uno dei soliti amici di Frank. È troppo giovane e molto piú disorientato. Cammina avanti e indietro come se non dovesse trovarsi lí.

D'improvviso dalla casa di Joy esce Gladys. Anche lei si guarda attorno furtiva e non si accorge di Maria. Scende le scale avvolgendosi in un cardigan grigio, si avvicina al ragazzo e inizia a parlargli a voce bassa, le braccia strette intorno al corpo e gli occhi rivolti al cemento.

– Gladys, are you mad? – Il ragazzo ha gli occhi fuori dalle orbite. – A baby? Now? – Il suo è una specie di urlo trattenuto. È probabile che sia convinto di parlare piano, tuttavia Maria riesce a sentirlo chiaramente.

Gladys cerca di reggere lo sguardo.

– Where is Joy? Where is? – Il ragazzo chiede a Gladys dove si trova Joy, vuole parlarle.

Gladys gli risponde in benin e di ciò che dicono Maria coglie solo qualche altro «baby», qualche altro «Joy» e «*madame*». Il ragazzo è sconvolto. Inizia a girarle intorno, le mani nei capelli. Si alza il cappuccio della felpa e inizia a imprecare.

– Please, Uyi, please...

– God forbbid, – dice il ragazzo che si chiama Uyi. – No, *Esosa*, no, – ripete. – A baby!

Maria trattiene il respiro. Non è difficile intuire ciò che sta capitando. Gladys ha appena rivelato a Uyi di aspettare un bambino, probabilmente il *suo* bambino. Maria non le aveva chiesto niente, ma aveva dato per scontato che il padre sapesse della gravidanza, e invece no.

Uyi è disorientato, confuso, ma a giudicare dallo sguardo di Gladys è chiaro che fosse preparata a quella reazione. Maria è immobile, tra le mani ha una maglia di Nando che le gocciola sulle ciabatte, ormai ha perso ogni timore e fissa senza pudore quella scena che le toglie il respiro. Vorrebbe intervenire. Sa che non sono affari suoi, ma ha imparato a voler bene a Gladys e vederla cosí in balia degli eventi le spezza il cuore.

In quel momento arriva un'auto ad alta velocità. Gladys fa qualche passo indietro e le sue spalle trovano il muro. L'auto inchioda a pochi centimetri da Uyi, tanto che lui fa appena in tempo ad appoggiare la mani sul cofano. Dal lato del passeggero scende Joy. Quando si accorge della *madame*, Gladys spalanca gli occhi e le va incontro. – Ma'am, you didn't take the bus! – Lo sguardo di Joy è fisso su Uyi. Anche da quella distanza Maria vede le vene pulsare sulla fronte, il fiato corto e il broncio delle labbra. Pur avendola vista diverse volte infuriata, Maria è pietrificata dall'odio che legge sul suo volto.

– Ma'am, please! – Gladys la prega fino a perdere il fiato.

Uyi indietreggia. Joy biascica frasi incomprensibili impastate di rabbia e prima che lui possa replicare lei gli sferra uno schiaffo. Joy ha spalle larghe e mani grandi, di fronte a lei Uyi sembra fragile. Quando la furia di Joy torna a scatenarsi il ragazzo si rifugia dietro una macchina parcheggiata, usandola come scudo.

Gladys prova ad afferrare Joy per le braccia. – Ma'am, please! Let him go! Please! I beg' you!

Joy posa gli occhi profondi come buche sulla ragazza. – Are you trying me, Gladys? Mi stai sfidando?

Gladys scuote il capo, il volto rigato di lacrime. È pronta a lasciare che l'ira di Joy si riversi su di sé pur di mettere fine a tutto quello. Joy le afferra un braccio e la strattona via. Maria è senza fiato, lascia cadere il bucato, esce di casa, corre verso il cancello urlando a Joy di smetterla, di non farle male, ma Joy non si fa distrarre e continua a strattonare Gladys. – Go inside, I will talk to you later, – intima spingendola. Gladys piange e cerca di raggiungere Uyi. – I said go inside, *Esosa*! – grida Joy.

Gladys entra in casa. Maria prova ad andarle incontro, ma lei ha già chiuso la porta. Joy torna a inveire contro Uyi intimandogli di non tornare, che se lo avesse visto ancora una volta vicino a una delle sue ragazze lo avrebbe ammazzato. Fa per avventarsi di nuovo contro di lui, ma dall'auto che l'ha accompagnata a casa esce una donna piú giovane, la blocca. – Joy, come on. It's over.

Uyi si allontana.

– I will kill you! – urla Joy. – Ti ammazzo, hai capito? Maria è immobile in mezzo alla strada. Prova a fare un passo indietro, ma i piedi sono inchiodati a terra. Joy sfoga la rabbia con la donna che l'ha accompagnata, poi si volta e si rivolge a Maria. – Quello non è buono. Se quello torna qui devi dirmelo.

Maria è sconvolta. – Joy non si fa cosí. Gladys è spaventata. Non devi fare cosí.

– Mamma Davide, – cosí la chiama, – tu non capisci. Lui non è buono e lei non mi rispetta. Lei non ha rispetto. Esce con uomini cosí e non lavora. Io l'ho portata in Europa e lei deve rispettare, – continua Joy piú calma, afferrando la borsa dall'auto e andando verso la porta di casa. – Lei deve rispettare, – ripete.

La porta si apre e si chiude.

La porta di quella casa che è allo stesso tempo a dieci passi da quella di Maria e a oceani di distanza.

Quella sera, dopo aver messo a letto i bambini, Maria raggiunge Nando seduto in giardino. Tra le mani ha un bicchiere di caffè. Nando beve sempre un goccio di caffè prima di andare a letto. Gli si siede accanto e appoggia la guancia contro la sua spalla, si lascia coccolare. – Com'è andata oggi?

Maria sospira.

Nando si sposta di poco per guardarla meglio. – Successo qualcosa?

Maria osserva la casa di Joy e descrive a Nando ciò che è accaduto quel pomeriggio, glielo racconta nei minimi dettagli, senza lasciarsi sfuggire nulla, nemmeno gli occhi furiosi di Joy quando ha preso a schiaffi Uyi. Nando finisce il caffè. Maria continua a parlare, le trema la voce. – Ma nun potimme fa' niente? – chiede.

– E che vuoi fare? – risponde Nando. – Gladys l'hai piú vista?

– No, non è uscita proprio, – risponde Maria, desolata. – E ho paura che le capiti qualcosa.

I giorni passano e di Gladys nemmeno l'ombra. Un pomeriggio Nando è in giardino a innaffiare le piante e a ripulire il balcone dalle foglie cadute. C'è vento e la temperatura si è abbassata. S'è messo la tuta pesante e stringe tra le mani il bastone della scopa con cui trascina le foglie secche. Sta pensando a quante cose sono successe da quando sono andati a vivere a Castel Volturno, a quanto gli piace la tranquillità, vedere Luca e Salvio giocare a palla, Davide fare i primi passi. È perso tra quei pensieri quando si accorge che una donna sta attraversando la strada. Gladys si ferma davanti al cancello. Ha lo sguardo vuoto. Nando posa la scopa e si avvicina lento, come avesse paura di spaventarla facendo un passo di troppo.

– Gladys? Tutto bene?

– Sono incinta, – fa lei.

– Lo so. Maria me l'ha detto. Serve qualcosa? Vuoi mangiare? – Condividere il cibo gli sembra il gesto piú semplice e sincero: non si tratta solo di un pasto, ma di un riparo, di una pausa dal dolore.

Lei lo guarda, tira su col naso, stringe il cancello. – Ho paura. Ho paura che porta via il mio bambino.

– Chi?

– Joy. Lei sa. Lei ora sa.

– Macché, non può portarti via niente.

– Fai qualcosa per me. Ti prego. Tu e Maria.

Nando corruccia la fronte, confuso. – Gladys...

– Non deve portare via il bambino.

– E noi che possiamo fare?

Gladys fa un passo avanti. – Devi dire che il padre sei tu.

4.

Hai sempre preferito i capelli corti. Dicevi che erano piú comodi, ti facevano sentire la testa leggera e il copricapo si legava meglio quando indossavi un abito tradizionale. Ti sei sempre sentita a tuo agio con i capelli naturali, con i tuoi afro intricati: li tagliavi il piú possibile e andavi in giro con lo sguardo fiero e deciso. In Italia non sei stata libera di scegliere nemmeno quello. Ti sei seduta a terra, nel grande soggiorno della casa di Joy, tra le gambe di una ragazza ghanese, e hai lasciato che ti trasformasse in una persona diversa. Seduta su un tappeto rosso mal ridotto ti sei piegata alla volontà del mercato: perché non era per Joy che lo facevi, non era a lei che dovevi piacere, ma agli uomini. E diventare un'altra per piacere agli uomini era ancora piú umiliante.

– *Esosa*, be quiet! – diceva la tua coinquilina ghanese con un ghigno. Tirava i capelli col pettine dai denti larghi per sradicare gli afro e tu intanto continuavi a muoverti. C'era qualcosa dentro di te che voleva urlare, esondare e riversarsi sul pavimento e sulle pareti della camera.

Le altre ragazze che vivevano con te erano piú grandi. Solo una era minorenne. Sapevi che era minorenne anche se diceva di avere diciotto anni perché tu certe cose le sapevi vedere, e le labbra che tremano avevi imparato ad ascoltarle con piú attenzione. Erano prostitute provenienti da Paesi africani, ma non tutte giunte in Italia per mano di Joy. Alcune ragazze erano state prese alle famiglie una volta arrivate qui con i padri, con le madri. Altre ancora avevano perso la propria *madame* e si erano ritrovate con Joy prima ancora di rendersene conto. Tu non le consideravi amiche, piú che altro compagne di viaggio. Stella, la ragazza ghanese che si occupava dei tuoi capelli, era l'unica con cui fossi riuscita a legare eppure no, non eravate amiche, o per lo meno non era cosí che la consideravi. Continuavi a ripeterti di non aver bisogno di amiche, che saresti bastata a te stessa per tutto il tempo necessario.

– Ahi!

Stella ha quasi gettato via il pettine sbuffando. – I'm trying! Stai buona... – Ti ha afferrato una spalla per tenerti ferma.

Le ragazze con i capelli lunghi sono piú belle, è questo che ti dicevano, attirano piú facilmente gli uomini e tu quello dovevi fare: attirarli. Ogni parte del tuo corpo doveva essere appetibile, sensuale, e pazienza se a te loro facevano schifo: dovevano fermarsi attratti dal tuo corpo e tu dovevi farli godere. Sei stata quello per tanto, troppo tempo: qualcosa da comprare, da mettere in vetrina. Quando Joy ti ha detto che avresti dovuto indossare delle extension ti sei morsa il labbro fino a farlo sanguinare, ma quando ti sei seduta tra le gambe di Stella non hai versato una lacrima perché tua madre ti ha insegnato che le lacrime non vanno mai versate di giorno, vanno spiegate a Dio durante la notte. A raccoglierle c'avrebbe pensato lui.

Quelle extension! Erano cosí lunghe e cosí diverse da te. Capelli sintetici, perché quelle che usava Joy tu non potevi permettertele. Le sue erano *human hair* indonesiani, indiani, brasiliani. Hai pensato che se proprio dovevi indossarle, le extension, avresti quanto meno voluto che fossero belle come le sue. Quel materiale sintetico e di scarso valore sfregava le guance e le spalle e ti prudeva. Ti sei anche dovuta truccare. Prima d'allora non ti eri mai pasticciata la faccia in quel modo. Insieme alle tue sorelle, Mercy e Helen, curiosavate tra i trucchi di vostra madre o mettevate un po' di rossetto per la domenica in chiesa, ma mai avresti pensato di dovertene mettere sul viso cosí tanto, di essere costretta a imparare a imbrattarti la faccia osservando altre ragazze inesperte come te. Hai studiato per settimane il modo con cui Stella si spalmava un fondotinta di tre o quattro toni piú chiaro del proprio incarnato.

– I wanna look lighter, – ti ha spiegato. – If you look lighter you can get more men.

Hai pensato alle creme sbiancanti che vendevano in Nigeria e che Joy ti aveva procurato. Un giorno a me avresti detto di stare lontana da quei prodotti, che il mio colore era perfetto cosí, e di amarlo qualsiasi cosa fosse successa, qualsiasi cosa mi avessero detto. Tu che mi hai protetta da quelle creme e dall'idea che piú sei chiara piú sei bella, ti sei obbligata a usarle – ti sei mentita fino a convincerti.

Quando Stella ha finito con i capelli ti sei guardata allo specchio. Hai provato a cercare i tuoi diciannove anni in quel volto stanco e spento e non li hai trovati. Ti sei guardata allo specchio e non ti sei riconosciuta.

– You look fine –. Sei carina, *Esosa*, sei cosí carina.

Eppure non eri lí. Chi era quella ragazza? Hai afferrato lo specchio con entrambe le mani, l'hai avvicinato, ti sei sollevata in tutta fretta dal posto che occupavi tra le gambe di Stella e sei corsa in bagno. Avevi già indossato parrucche ed extension in passato, ma quella sensazione era nuova, l'odore, persino il sapore. Lo avresti avuto sulla lingua per anni: il gusto di qualcosa che non ti appartiene. Lo hai provato col primo uomo con cui sei stata, quando ancora non sapevi che nome dare a un rapporto sessuale senza consenso, quel tipo di rapporto durante il quale una persona piú forte ti tiene per la gola e non ti lascia respirare. E ogni volta che sei stata con un uomo, hai sentito le mani di Joy tapparti la bocca.

Quante volte hai pensato di non poter andare avanti, mamma? Quante volte hai pensato che sarebbe stato meglio nascondersi sotto al letto, come quando eri piccola? Ma hai resistito. Anche quando pioveva, come quella sera, quando hai chiesto a Joy di poter restare a casa, ma lei niente, voleva che tu uscissi, che portassi altri soldi. Sei andata vestita leggera, perché gli abiti lunghi e caldi erano un lusso che non potevi permetterti. Hai sceso quei pochi gradini fino al cancello e hai incontrato per un attimo gli occhi di un bambino che giocava sotto l'acqua. Lo hai guardato, hai abbassato la testa e hai continuato per la tua strada. Sei arrivata in fondo alla via e hai pregato che quanto meno la pioggia si placasse in fretta.

Poi per strada, a un certo punto, hai sentito una voce.

– Are you okay?

Ti sei voltata. Di fronte a te c'era lo sguardo preoccupato di un ragazzo poco piú grande, nero e dal volto bagnato. La pioggia stava diminuendo di intensità, ma non abbastanza da rasserenarti, mentre la sua voce era cosí gentile che quando ti ha parlato è stato come se ti avesse avvolta in una coperta. Lo hai guardato ma non hai risposto. Joy si era raccomandata di non parlare con i ragazzi neri giovani perché loro non pagano, ti ha sempre detto di stargli alla larga. Allora lo hai ignorato, ti sei spostata e ti sei messa a fissare le auto.

– Ehi! – Lui ci ha riprovato. – Do you understand me?

Hai provato a tenere lo sguardo fisso sulla strada.

– Inglese? Italiano?

E non ce l'hai fatta. Ti sei voltata e lo hai guardato. Hai pensato subito che fosse un bel ragazzo, uno dei piú belli mai incontrati in vita tua, e quando ti sei permessa quel pensiero ti sei sentita bene. Non hai pensato ad altro, solo alle sue labbra e ai suoi occhi magnetici, alla voce soffice e al modo in cui sembrava interessato a te. – Yes. I'm fine.

Lui ti ha sorriso e si è avvicinato. – Are you feeling cold? This weather is crazy, *abi*?

Hai annuito.

– What's your name?

Hai tentennato. Hai pensato che non fosse giusto dirgli il tuo nome vero, *Esosa*, perché quel nome aveva un valore immenso: una delle poche cose che ti era stato permesso tenere. – Gladys, – hai risposto con un filo di voce. In quel momento ha smesso di piovere e ti sei lasciata andare a un sospiro di sollievo, anche se avevi ancora freddo.

– My name is Uyi.

Non hai detto nulla.

Lui ha sorriso ed è rimasto al tuo fianco. È passato un furgone. Ha infilato le mani nelle tasche e ha detto che gli piaceva il tuo atteggiamento scostante, perché molte ragazze nuove provavano a chiedere soldi da portare a casa fingendo di aver lavorato, mentre tu eri rimasta distaccata, orgogliosa.

Tu senza farti vedere spiavi le sue orecchie, i capelli che sbucavano dal berretto, per poter ricordare ogni dettaglio. Poi si è fermata un'auto. Si è fermata accanto a te. Ti sei avvicinata e hai sentito il peso degli occhi di Uyi contro la schiena. Hai parlato con il ragazzo all'interno della vettura. Avrà avuto meno di trent'anni e quand'erano cosí giovani eri sempre sollevata. Entrando in auto hai visto Uyi sparire.

Eri prigioniera di un ciclo. Ti era permesso uscire per lavorare o per fare delle commissioni per Joy. Non potevi credere a come la tua vita dipendesse da quella donna, a come il tuo umore cambiasse in base al suo: se lei era serena e nessuno le dava problemi si dimenticava della tua esistenza e questo ti rendeva altrettanto serena. Speravi di essere ignorata. Perché se non ti ignorava era per urlarti addosso, magari per accusarti di aver sottratto dei soldi, che al ritorno non glieli avevi consegnati tutti. Joy ti accusava di *rubare* i soldi che avevi guadagnato vendendo il *tuo* corpo.

Gli uomini, spesso li portavate a casa. Joy lo permetteva. Era piú sicuro che tutto succedesse in un luogo familiare, sotto un tetto che poteva proteggervi per quanto la sensazione fosse quella di esserne prigioniere. Tuttavia, le volte in cui ne approfittavi erano rare, solitamente si trattava di uomini vecchi o con una faccia poco raccomandabile. Ti seguivano in auto e tu camminavi a piedi fino a quell'inferno di mattoni. Quando ti sembravano affidabili, invece, andavi con loro, lasciavi che ti guidassero ovunque desideravano. Non volevi essere vista dai vicini. Pensavi ai bambini che abitavano nella casa di fronte, che ti vedevano passare ogni volta in compagnia di uomini diversi e che poi chiedevano alla madre chi erano quei signori.

Una sera ti sei spinta fuori da un'auto con piú fatica del solito, con le gambe che reggevano a malapena il peso della notte, delle ore trascorse a soddisfare i desideri di uomini che non avresti visto mai piú, e che se invece ti fosse capitato di incontrare avrebbero girato la testa dall'altra parte. Camminando lungo la via, una musica ha catturato la tua attenzione. Hai controllato l'ora sul piccolo orologio di cuoio che portavi al polso, quello con il cinturino malandato: segnava le due del mattino. La luce dalle finestre aperte diceva che Joy stava dando una festa. La musica era assordante, infastidiva i vicini. Ti sei fatta spazio tra alcuni uomini che bevevano e discutevano di fronte alla porta d'ingresso. I loro occhi hanno frugato il tuo corpo.

– Fine girl, where are you going?

Hai trattenuto il respiro, disgustata dall'odore di alcol. – Good evening, sir.

Sei entrata in casa a passo svelto. C'era molta gente, non ricordavi l'ultima volta che ti eri trovata in una situazione con cosí tante persone felici. C'erano anche le altre ragazze, stavano mangiando sedute intorno a un tavolo basso. Stella era seduta sulle gambe di un uomo bianco, uno dei pochi. Rideva e beveva una birra scura. Hai pensato che non sapevi che fartene, di quella gente allegra. Ti sei diretta verso le scale, le hai salite frettolosamente. L'unica cosa a cui riuscivi a pensare era la vasca: il bisogno di farti un bagno che aiutasse il tuo corpo a dimenticare.

5.

Devi dire che il padre sei tu.

Nando è stordito da quella frase arrivata come un pugno in faccia.

Balbetta qualcosa di incomprensibile, dice che avrebbe voluto aiutarla, ma quello no: non può assumersi una tale responsabilità. Gladys prova nella sua lingua frammentata a fargli capire quanto sia necessaria quella bugia e Nando nei suoi occhi vede qualcosa che non saprebbe definire se non dicendo che è: *la verità*. E che dentro quella verità c'era tutto il dolore del mondo. Le offre da bere. Gladys non accetta, non ha sete, non è lí per bere. Parlano qualche altro minuto poi Gladys va via lasciando nell'aria una determinazione, un'audacia, con cui Nando fatica a fare i conti.

Quella sera lui e Maria hanno a cena Nunzia, il marito Sandro e le bimbe: Teresa e Annalisa. Ridono e chiacchierano, i cugini giocano. Davide si è addormentato sul divano. Nando siede come al solito in un angolo vicino al muro, beve da un bicchiere colmo di vino rosso, ha l'aria assente. Annalisa chiama la sorella per dirle di sedersi accanto a lei. Teresa, con i suoi grandi occhi dolci e la treccia di capelli castani, sta giocando con Salvio. Vanno molto d'accordo, loro due, e anche quando litigano non riescono a fare a meno l'una dell'altro. Nando afferra il piatto di pasta al forno che Maria gli passa quando viene distratto dalla voce dei bambini che battibeccano affrettandosi verso i posti a sedere. Litigano per dei pastelli e i loro discorsi lo inteneriscono: sguardi ingenui, voci innocenti.

– Chissà che vita avrà il figlio di Gladys, – dice.

È un pensiero inatteso, incongruo. Maria lo guarda incuriosita. – E questa da dove esce?

Nando scuote la testa, smette di guardare il figlio e stringe la mano di Maria. – No, niente.

– Qualcosa c'è...

– È che oggi l'ho vista.

– Chi?

– Gladys.

– L'ho incrociata anch'io, – dice Nunzia. – La pancia si vede appena. Quanti mesi sono? – Passa la pasta a Teresa che si butta sul piatto. – Brucia, – dice. – Fa' attenzione.

– Credo siano tre, – risponde Maria. – Forse quattro.

– Si è saputo chi è il padre?

– L'ho visto io, – fa Maria. – Qualche giorno fa. Non è un cliente, è uno dei loro. Un ragazzo nero giovane. Non ho capito molto. È successo un mezzo putiferio. Joy lo ha malmenato. Però c'è qualcos'altro, credo non sapesse del bambino e credo pure che non lo voglia.

Sandro scuote la testa. – Sono cosí giovani quelle ragazze, – dice pulendosi la bocca col dorso della mano. – Come fanno a fare quella vita non capisco proprio. Una poi è incinta e che deve fare?

– Qualcosa s'adda fa', – dice Nunzia. Poi si rivolge a Nando: – Ma tu com'è che ci pensi?

– E che c'è di male?

– No, è che hai fatt' 'na facc'!

Nando solleva il bicchiere, lo porta alle labbra, ma lo posa prima di bere. Non sa cosa dire. Non sa se dire qualcosa, in generale, avrebbe senso. Forse dovrebbe tenersi quello scambio con Gladys tra sé e sé, risolverlo cosí.

Ma è una roba troppo grossa e si sente in colpa. – È che, come dicevo, l'ho incontrata oggi. E lei... insomma, mi ha chiesto una cosa.

– Che ha chiesto? – domanda Sandro. – Statte accorto cu 'sta gente.

– *'Sta gente?* – Sentendo il tono del cognato Maria storce il naso infastidita. – Ma quale gente?

– Sai come sono. Quelli c'hanno in testa idee strane, – continua Sandro.

– Che idee? – dice Nunzia. – Che vulisse ricere?

Guardano tutti Nando e Nando tace. Maria gli fa: – Nandu'! – Gli prende il mento e lo obbliga a girarsi, in modo che lui la guardi in faccia. – Che è successo? Che ti ha chiesto, Gladys?

Nando posa il bicchiere e si alza in piedi. – Andiamo fuori un attimo, per favore.

Maria si incupisce. In cucina cala il silenzio, anche tra i bambini. Sandro scuote la testa come se sapesse cose che gli altri non sanno, pregiudizi. Nando e Maria lasciano la stanza, escono sul balcone. Sandro stringe la ringhiera come per stritolarla.

– Allora?

– Maria, tu Gladys la conosci meglio di me.

– Che voleva?

Nando cammina avanti e indietro pensando alle parole da usare. Non sapendo scegliere tira fuori le prime, le piú oneste, le piú dirette. – Ha chiesto di dire che il bambino è mio.

Maria sgrana gli occhi. – Che stai ricenn'?

– E capit' buon' –. Nando la guarda, sperando che quelle parole bastino. – Mi ha pregato di dire che il padre sono io.

Maria si porta la mano alla bocca. – E tu che le hai risposto?

– Cosa dovevo dirle? Le ho detto di no! È normale che le ho detto di no.

– Maronna!

– Cos'altro potevo dire?

– E cosa potevi dire? Quello che le hai detto. Ora però mi devi dire a cosa stai pensando adesso.

Nando tira indietro il collo, alza gli occhi al cielo.

– Non ci posso credere, – fa Maria. – Ci stai pensando davvero?

Nando non risponde, si porta una mano tra i capelli, abbassa lo sguardo, non riuscendo a reggere gli occhi della moglie. – E a che sto pensando, Maria? A come aiutarla. Sto pensando a quella povera creatura che deve crescere in quella casa, con Joy e Frank. Mi hai detto tu com'è che ha reagito il ragazzo di Gladys quando l'ha saputo. Che ti pensi? Che se la porta via da tutta questa schifezza? E pensi male!

Maria lo ascolta in silenzio.

Nando scuote il capo. – Mi spiace assai.

– Dispiace anche a me, cosa credi? – risponde Maria. – Ma non possiamo... non dobbiamo immischiarci in queste cose. Abbiamo i figli nostri.

– Lo so, lo so.

– E allora?

– E allora tu vedi di starle vicino, va bene?

– Certo che le sto vicino. Fin dove posso.

– Tutt'apposto? – Nunzia sbuca dalla porta.

– Vai, – dice Maria a Nando. – Parlo due minuti con tua sorella. Vedi di far mangiare Davide.

Mentre Nando le passa accanto per rientrare in casa Nunzia sorride e gli sfiora la spalla con la mano, poi dice: – Mi spiace Maria. Sapete com'è fatto Sandro, su queste cose. Non le dice con cattiveria.

– Sai cos'ha chiesto Gladys a Nando?

– Cosa?

– Di dire che il figlio è suo.

Nunzia indietreggia, come per fare posto a quella enormità. – Oddio. E perché mai?

– Immagino per proteggere il bambino.

– Ma no, Maria. Una cosa cosí non è possibile. Nun s'adda fa'.

– E pensi che non lo sappiamo che non si può fare? Quella Joy mica è scema. Quella lo sa che il figlio è di quel ragazzo e avrà pensato, questo mo viene e se la porta. Dovevi vedere come l'ha preso, a quel ragazzo. A mument 'o accirreva. Ma non è questo il problema, adesso. Il problema è: come fa a fare il suo lavoro con un figlio, Gladys?

– E quindi? Che volete fare?

– E che dobbiamo fare? Le stiamo vicino. Le facciamo capire che vogliamo aiutarla, ma che non possiamo mentire a Joy. E che certo non possiamo andare in giro a dire che il figlio è di mio marito. Ci manca solo. Io lo so, quando sei madre è un pasticcio. Cioè, io la voglio pure capire, ma noi stiamo con le mani legate.

Dopo il rifiuto di Nando e Maria, l'atteggiamento di Gladys nei confronti della famiglia cambia. Maria se ne accorge. Si ferma raramente a parlare, non entra piú in casa. È distante. Quando prova a spiegarle perché è difficile per loro prendersi una tale responsabilità lei sorride e dice che non fa nulla, che ora non ha tempo e deve lavorare. Maria non le stacca gli occhi di dosso, la vede scendere lungo la strada e il pensiero che vada a prostituirsi incinta è insopportabile. Eppure è cosí. Per un po' la pancia riesce a nasconderla, indossa maglie larghe, cerca di fare il minimo. Ma Joy non le permette di fermarsi: vuole i suoi soldi. È il debito che deve continuare a pagare per essere stata portata fin lí, in Italia, nel Paese della bellezza. È il debito contratto per la felicità e per il bene della famiglia rimasta a Lagos.

Poi però la pancia inizia a farsi vedere. Gladys non esce piú di casa. Maria la vede raramente e quando le capita di incontrare Joy e chiederle notizie, la *madame* si mostra tranquilla ed evasiva. È evidente che per lei non c'è problema. Maria e Nando hanno provato a parlarle nei mesi precedenti, ma Joy ha sempre ripetuto che Gladys non era una bambina e sapeva esattamente come comportarsi. – Sa cosa deve fare, – è la risposta ufficiale di Joy. E forse è proprio quell'impassibilità che traspira dalle parole e dal tono della voce a lasciarli attoniti. A Joy non importa nulla di ciò che sta passando Gladys. Questo è chiaro a tutti.

Un pomeriggio di giugno particolarmente soleggiato, uno di quelli con l'aria calda che fa venire voglia di andare al mare, con le famiglie che affittano una casa per l'estate già lí ad accalcarsi, Nando e Maria portano i bimbi in spiaggia. Sono venti minuti a piedi. Passano una bella giornata e lungo la strada del ritorno Salvio, Luca e Davide si tengono per mano, ciabattando sul marciapiede con le infradito ancora umide e sporche di sabbia. A un certo punto Davide sale sulle spalle del padre e si appisola, mentre Luca e Salvio camminano poco piú avanti con le mani piene di conchiglie e un granchio morto. Arrivati all'altezza di casa loro, Salvio si volta verso l'abitazione di fronte e rimane in silenzio, poi allunga il braccio. – Quella non è Gladys?

Maria smette di respirare. Gladys, al settimo mese di gravidanza, è seduta in cortile, sotto il sole, con le mani nella terra del giardino, a strappare erbacce. Accanto a lei c'è una fontanella aperta che butta acqua.

– Gladys! – Maria attraversa la strada e si avvicina al muro. – Guarda che caldo che fa! Vai dentro, non ti fa bene stare qui fuori.

Gladys solleva appena il viso per capire chi sta parlando. Quando nota la famiglia allegra appena rientrata dalla spiaggia, sorride loro teneramente. – Buongiorno. Tutto a posto?

– Sí, – dice Nando, che nel frattempo ha raggiunto Maria. – Ma tu non puoi stare a lavorare fuori con questo caldo.

Gladys si fissa le mani e si risolleva su con la schiena, lasciandosi andare in un sospiro. – Joy è arrabbiata perché sono sempre stanca.

– Ma è normale che sei stanca, tesoro, sei incinta. A che mese sei?

– Sette.

– Devi andare all'ombra, – Nando fa scorrere il cancello rosso ed entra nel cortile della casa di Joy.

– Io non volevo cucinare ieri. Ero tanto stanca, bambino dà calci, – fa Gladys portando una mano umida sul pancione. – Joy si è arrabbiata. Lei voleva picchiarmi. Stella l'ha fermata.

– Si deve solo permettere, – dice Nando. – Se quella ti tocca tu corri subito da noi. Hai capito?

Gladys annuisce. – Io ora devo fare questo prima che lei torna da mercato.

Nando chiude la fontanella che ha infradiciato il vialetto. – No, tu ora vieni da noi.

Gladys guarda Maria e senza opporre resistenza lascia che Nando la aiuti ad alzarsi.

6.

Sabrina, la figlia di Joy e Frank, abita con la zia a Baia Verde, a pochi chilometri da Castel Volturno. Vive lí, va a scuola lí. Joy tiene la figlia lontana dalla casa del Villaggio Coppola per evitare che incroci le ragazze e i loro clienti: cerca di proteggerla dal male che lei stessa ha generato. La va a trovare tutti i giorni, di solito a pranzo. Per andare a Baia Verde, Joy si traveste da madre perfetta di una bimba innocente, svestendo i panni da aguzzina. L'unico periodo in cui a Sabrina è permesso passare piú tempo al Villaggio Coppola è d'estate e in quelle occasioni spesso gioca con Luca, il secondo figlio di Nando e Maria. Vanno molto d'accordo, loro due. Ed è cosí che un pomeriggio di agosto Sabrina si trova nel cortile dei vicini, lei e Luca sono seduti su una panchina di legno e giocano con certe biglie di vetro, facendole brillare al sole. Sabrina ha trecce sottili, lunghe fino alle spalle. Luca gliele sfiora timidamente con la punta delle dita. Lei lo lascia fare.

– Perché sono cosí strani? – chiede Luca.

– Non sono strani.

– Sembrano vermi neri, – commenta lui, afferrando una treccia tra due dita. – Ti fanno male?

– Solo se le tiri! – Sabrina tira indietro il capo. – A casa mia le hanno tutte. Le fanno sempre.

– E come si fanno?

– Cosí –. Sabrina inizia a muovere le dita nell'aria con un gesto rapido, chirurgico.

– Ma è difficilissimo!

– È una cosa che sappiamo fare solo noi –. Sabrina fa spallucce.

– Non è vero.

– Sí!

– No.

– Hai mai visto la tua mamma con le trecce? – fa Sabrina. – No, perché non le sa fare.

– E a te non si fanno mai normali, i capelli?

– Che significa normali?

– Come i miei.

– Tu sei maschio!

– Allora come quelli della mia mamma, – fa Luca.

Sabrina riflette sulla domanda. – C'è una ragazza a casa mia... lei sí, li ha lisci e lunghi come quelli di tua mamma.

– Veramente?

– Sí, – annuisce Sabrina. Si alza e fa un cenno a Luca con la mano. – Vieni con me.

Luca si guarda intorno incerto. – Dove?

– A casa mia.

– Devo chiedere a zia... ma ora dorme.

– Andiamo, dài! Ci mettiamo poco, – lo rassicura Sabrina.

Luca si solleva e segue Sabrina verso la casa dall'altra parte della strada. Cercano di non fare rumore, anche se date le distanze sarebbe impossibile sentirli. Sabrina lo guarda con eccitazione, è la prima volta che invita qualcuno in casa di sua madre. Sa che le è proibito. Però ora Joy non c'è e Sabrina vuole che Luca veda con i suoi occhi i capelli di Gladys. Non lo sa che sono sintetici, vuole solo mostrare al suo amico una donna nera dai capelli lunghi. Attraversano la strada ed entrano nel cortile. Sabrina porta un dito alle labbra. Lei e Luca trattengono le risate, stanno facendo una cosa vietata e lo sanno. Mentre salgono le scale del portico la porta si spalanca, facendoli sussultare. È una delle ragazze di Joy, Ester. Alla vista della bambina quasi le manca l'aria.

– What are you doin' here?

Sabrina fa due passi indietro, sbatte contro il petto di Luca. – I wanted to go inside, – dice.

– Non ti avevo detto di restare dal tuo amico? – Ester sembra irritata e agitata al tempo stesso. Non ha tempo di aggiungere altro che alle sue spalle sbuca un uomo, un vecchio dalla barba ingiallita che emana un odore sgradevole. Luca si porta una mano alla bocca, copre il naso e fa una smorfia di disgusto.

– Volevo vedere *auntie* Gladys, – si giustifica la bambina cercando di mostrarsi indifferente allo sguardo di disapprovazione di Ester.

L'uomo continua a camminare, apre il cancello ed esce dal cortile. Luca lo guarda andare via chiedendosi chi sia e perché si porti dietro un odore cosí terribile. Joy ha imposto alle ragazze di non lavorare a casa quando Sabrina è nei paraggi: se c'è sua figlia, devono fare tutto fuori. Ester ha disubbidito certa che la bambina sarebbe rimasta dai vicini. Sabrina è imbarazzata per aver ricevuto una ramanzina di fronte al suo amico, ma Luca piú che altro sembra incuriosito. Si guarda attorno chiedendosi perché gli sia sempre stato vietato di entrare – dall'esterno, pensa, è una casa come tante altre.

– Gladys non c'è, – dice Ester.

– E dove sta? – chiede Sabrina sbirciando oltre i fianchi larghi di Ester.

– She's having her baby, – risponde la ragazza asciugandosi il sudore. – Adesso va', vai a giocare. Torna piú tardi.

Sabrina sgrana gli occhi e lascia andare un gridolino di gioia; presa dall'entusiasmo si lancia tra le braccia magre del suo amico e lo stringe forte, sorridendo e saltellando da un piede all'altro. – She's having her baby. She's having her baby. Avrò qualcuno con cui giocare!

– Basta, – borbotta Luca, cercando di staccarsi dalla presa. – Dài!

– Luca! – Maria chiude la portiera dell'auto da cui è appena scesa. – Che state facendo?

– *Auntie* Gladys sta avendo il bambino! – grida Sabrina. – Tra poco ci sarà un altro bambino in casa!

– Sabrina! – Ester la richiama, contrariata dalla sua lingua lunga. – Shut up.

Sabrina alza gli occhi al cielo. Luca è alle sue spalle, intimorito per il fatto di essere stato sorpreso dove non doveva. Maria però non dice nulla, annebbiata da quella notizia. Gladys è in ospedale e sta partorendo. In piedi in mezzo alla strada tiene una mano sulla borsa e l'altra schiacciata contro il petto. In quel momento arriva anche Nando, a piedi, dal fondo della via. Guarda Luca e dice: – E tu che fai lí?

– Ero con Sabrina.

– Sta nascendo il bambino! – continua Sabrina, esaltata.

– Gladys sta partorendo, – fa Maria.

Nando guarda la moglie e sorride. Lei ricambia, fa il giro dell'auto e apre il portabagagli. Estrae un paio di buste, chiamando i bambini per essere aiutata. Luca e Sabrina si precipitano e afferrano quelle piú leggere.

– Pannolini! – esclama Sabrina, ridendo ancora e saltellando. – Pannolini per il bambino.

– Giusto in tempo, – commenta Nando. – Li vogliamo portare dentro? Poi andiamo in ospedale.

In auto verso il Pineta Grande, Nando guida e Maria fissa il paesaggio che sfreccia oltre il finestrino abbassato. È agosto, l'auto è calda e un velo di sudore copre la fronte di entrambi. Maria si fa aria con un ventaglio bianco che porta sempre con sé. – Sembrano passati in un attimo, 'sti nove mesi.

– Da fuori sembra sempre cosí.

– Hai ragione, – risponde lei. – Quando ero incinta io pareva non passare mai. Però poi ti manca –. Si sfiora il ventre.

– E mo cagn' tutt' cos'.

– Nando, quando arriva un bambino cagn' semb' tutt' cos'.

– Abbiamo un regalo?

– Le ho preso qualche body. Chissà cos'è? Io dico femmina.

– E che ne sai?

– Stava gonfia su fianchi e sedere. È femmina.

Nando ride. – Ancora cu 'sti cos'? E quando è maschio la pancia ha una forma, e quand'è femmena ten' e fianch' larg'!

Maria gli dà un buffo sul braccio. – E mo vir!

Arrivati al Pineta Grande, Nando ferma l'auto. – Cerco posto, tu entra.

È ancora orario di visita. Quando Maria chiede informazioni alla reception l'infermiera le dice che Gladys la sta aspettando: in ospedale ha detto a tutti che si sarebbe presentata una donna italiana e avrebbe chiesto di lei. Maria è felice di sapere che Gladys fosse sicura della sua presenza. Si fermano di fronte a una porta, l'infermiera bussa e una voce maschile, rauca risponde: – Avanti.

Maria aggrotta la fronte, si chiede chi è, pensa che magari Uyi è venuto a riconoscere il figlio.

L'infermiera apre la porta. – Abbiamo visite, Gladys.

In camera, seduto di fronte al letto della ragazza, c'è un nero sulla trentina, ha grandi spalle larghe e una folta barba scura. Maria non lo conosce, ma nemmeno si ferma a studiarlo perché appena entra ogni grammo di attenzione è catturata da Gladys, sdraiata sul letto con un fagotto tra le braccia. Maria si avvicina trattenendo le lacrime. – Tesoro, – sussurra sfiorandole il viso con le nocche. – Come stai?

Gladys sorride, il volto stanco e formicolante di emozioni. – Tutto bene –. Scioglie l'abbraccio e mostra il neonato a Maria che si avvicina e si lascia inebriare dall'odore. – È femmina, – dice Gladys.

– È bellissima, – sussurra Maria. – Proprio come te.

Gladys sorride e guarda la bambina, la stringe di nuovo al seno.

A quel punto l'uomo si alza, saluta Maria e le offre la mano. Lei ricambia. – Se tu resti con lei, io ora vado al lavoro.

Maria annuisce. – Va bene, certo. Ora sale anche mio marito.

Gladys ignora il dialogo, i suoi occhi sono solo per la nuova vita che stringe tra le braccia. L'uomo sorride e tira un sospiro, esce salutando Gladys e la bambina e si chiude la porta alle spalle. Maria posa la borsa sulla sedia libera.

– Lui non è il padre, – dice Gladys, sollevando lo sguardo. – Il padre non è venuto.

– E chi era?

– Serviva un cognome alla bambina. Per farla uscire.

– E quindi?

– Lui è un amico.

– E che cognome le hai dato?

– Io volevo darle Osariemen, il mio, il nome di mio padre, – Gladys sospira e sfiora la guancia della figlia. – Ma lei ha una storia sua. Avrà una storia che non è quella della mia famiglia. Quell'uomo è un amico. Le ha dato il suo cognome, Efionayi.

– Efionayi, – sussurra Maria. La bambina si muove e apre gli occhi senza piangere. Maria si sporge. – E il nome?

Gladys trattiene il respiro. – Sabrina, – dice. – Come la figlia di Joy.

7.

Quand'eri bambina avevi una paura matta di prenderle da tuo padre Osariemen. La disciplina era alla base dell'educazione e quando ti comportavi male non importava quanto fossi fragile, tuo padre te le dava di santa ragione. Il suo ruolo era chiaro tanto quanto era dura la sua mano contro il tuo viso. Il suono dello schiaffo, i denti stretti, gli occhi serrati. L'astio crescente nel petto. L'imbarazzo sprigionato dagli sguardi dei tuoi fratelli che assistevano alla punizione. Cercavi di dare il buon esempio, ma alle volte sbagliavi: sbagliare è normale. E alla violenza di Osariemen non reagivi: hai sempre cercato di trovare una ragione al male che ti è capitato, qualsiasi fosse la forma o la misura.

Sulla strada però è stato piú difficile. Era complicato comprendere il perché di alcune azioni, quali ragioni potesse avere il dolore che portavi dentro e il perché delle violenze esercitate sul tuo corpo. Sí, hai provato a spiegarti anche quello, ma per la prima volta hai fallito.

Una sera come tante, poco dopo le dieci, si è accostata una macchina bianca, grande, con dentro un uomo dall'aspetto tranquillo. Hai pensato fosse l'occasione per chiudere bene la serata. Indossavi dei tacchi blu che ti rendevano ancora piú alta e una gonna nera che fasciava i fianchi. Ti sei chinata al finestrino e hai guardato all'interno, hai detto ciò che dovevi dire pronunciando con cura e precisione le poche parole che conoscevi in italiano. Ma quando gli hai chiesto se il prezzo andava bene lui si è irrigidito. Ha aperto la bocca e di quello che ha detto non ci hai capito nulla: ad arrivarti chiaro, feroce, è stato solo il tono sprezzante. E quella parola. Quella che ferma il cuore. *Negra.*

In italiano, «negra» aveva un suono ancor piú aggressivo. In Nigeria conoscevi la storia delle parole e quella del tuo popolo. E certo, bisogna dire che le parole in Italia non ti hanno mai piegata come aveva fatto la fame a Lagos, ma ti hanno colpita dove non potevi difenderti: in certi luoghi profondissimi dell'anima. E lui era lí, nella sua auto borghese, stretto dalla cintura di sicurezza, l'aspetto distinto, la barba tagliata alla perfezione. Era tutto ciò che hai sempre odiato: la prepotenza consapevole del proprio vantaggio. E ti ha chiamato negra. Per lui eri un oggetto, una curiosità, un feticcio senza valore, o per lo meno non valevi i soldi che chiedevi e voleva che tu lo sapessi.

Ha aperto la portiera. – Entra, che lo so che ti servono i soldi. Ma decido io quanto. Alla fine.

Hai sentito il sangue ribollire. Hai dato un calcio alla portiera e l'hai richiusa con un gesto di cui la prima a stupirti sei stata tu: un gesto violento e inatteso. Una risposta al dolore. Una risposta a quella parola e alla tua posizione rispetto alla sua. Una risposta alla verità che cercavi di ignorare. Una risposta agli schiaffi di tuo padre e a quelli degli uomini che avevano abusato di te. Siete rimasti in silenzio. Hai sentito l'adrenalina incendiare i sensi. La paura è arrivata con qualche istante di ritardo, come un'eco. Hai fatto un passo indietro quando l'hai visto slacciarsi la cintura di sicurezza. Ne hai fatti altri due quando è sceso dall'auto. Sapevi che te l'avrebbe fatta pagare e che sarebbe stato meglio se fossi scappata, ma indossavi i tacchi alti e sei inciampata. Ti sei trovata con le spalle nude contro un muro. Ti sei resa conto di non poter tornare indietro: non potevi cancellare quel calcio e neppure l'ira sul volto dell'uomo. Terrorizzata, hai pensato di che cosa erano capaci i maschi insoddisfatti. Non era la prima volta eppure era diverso: eri pronta a difenderti, anche con le unghie se necessario. Avresti preso qualsiasi cosa ti aspettasse e risposto di conseguenza. Hai chiuso gli occhi e li hai riaperti quando hai udito un tonfo.

L'uomo era caduto al suolo, steso su un fianco. Di fronte a te, Uyi.

– Are you okay? – ti ha chiesto.

Hai annuito. Uyi ti ha afferrato la mano con la sua, grande e ruvida; te l'ha stretta e sei tornata a respirare. Era successo tutto in una manciata di secondi: il calcio, l'uomo che veniva verso di te, l'intervento di Uyi. Se Joy ne fosse venuta a conoscenza saresti finita nei guai e Uyi con te. L'uomo si è rialzato da terra, l'ombra disperata, furibonda, di un uomo con la bocca piena di parole atroci, soldi sporchi nelle tasche e occhi colmi di disprezzo. L'hai guardato in ginocchio aggrapparsi al muro e ti è sembrato piccolo piccolo e insulso come ogni uomo che sfoga la propria inadeguatezza e la propria rabbia sui corpi comprati per strada, corpi con cui cercano di sentirsi finalmente forti.

A nessuno importava di te. La gente passava, ti dava della puttana e ti urlava di tornare al tuo Paese. Le madri stringevano i bambini come se si potessero infettare; coprivano loro gli occhi perché non vedessero le gonne troppo corte, il rossetto su quelle labbra grandi e volgari, lo scollo sul seno: le prove ineluttabili che se qualcuno ti avesse fatto del male te l'eri cercata. Perché se sei una prostituta è colpa tua. Per questo, quando è arrivato Uyi hai quasi stentato a crederci. Joy non aveva messo nessuno a controllarvi. Se volevate essere al sicuro dovevate portare i clienti a casa, tutto qui. Frank non ci pensava nemmeno a prendere le vostre difese, a lui importava solo che Joy fosse soddisfatta del vostro lavoro.

Uyi ti ha stretto la mano piú forte, come per riportarti al presente. – It's okay. You are fine now –. E per un attimo ti sei permessa di crederci.

– Pezzi di merda, – ha borbottato l'uomo guardando entrambi come se i vostri corpi, per quanto belli e vivi, non valessero un'unghia del suo.

Uyi ti ha sfiorato la guancia con le nocche e tu hai preso tutta la tenerezza di quel gesto e l'hai chiusa in un posto segreto dentro il tuo cuore, ti sei lasciata proteggere. L'uomo ha fatto un passo verso Uyi, come per aggredirlo, ha inveito, ma in quel momento avete visto accendersi in lontananza le luci di una volante della polizia. Hai pensato che quell'auto che si avvicinava normalmente avrebbe significato aiuto, protezione, ma non per voi. Per voi significava problemi. Hai stretto la mano a Uyi per trovare l'equilibrio mentre eri intenta a rimuovere le scarpe con i tacchi e a chiederti quanto veloce avresti corso e se valesse la pena tornare a casa e se, nel caso ti avessero seguito fin lí, sarebbe stata peggio la polizia o Joy.

– Ué! – Ha urlato l'uomo, alzando le braccia in aria per attirare l'attenzione della volante. – Mo sono cazzi vostri. Prima venite a fare i furbi e poi tremate comm' e' suricilli! – Ha riso sguaiato. Ha continuato a parlare anche quando non lo stavate piú ascoltando.

– Let's go, – ha detto Uyi. – Fast!

Hai preso le scarpe in mano. L'asfalto era ruvido sotto i piedi nudi. Siete scappati. La polizia ha acceso la sirena. Vi hanno puntati e avete iniziato a correre. Uyi ti ha dato l'impressione di sapere dove andare, la sua mano ispirava sicurezza: una sensazione nuova, che ti saresti ricordata a lungo. Non hai fatto domande e hai pregato di arrivare in fretta ovunque vi steste dirigendo. Dopo aver corso a lungo nel buio, rasente ai muri, vi siete fermati di fronte a una vecchia casa. Uyi ti ha lasciato la mano, ha aperto il cancello e ti ha fatto cenno di entrare. Ha bussato a una porta. Avete aspettato che aprissero.

– Uyi! – Una donna nera sulla cinquantina è apparsa e ha spostato lo sguardo da te a lui un paio di volte, poi ha sentito le sirene e ha capito. – Entrate, – ha detto. – Presto.

– Mama Destiny, thank you, – l'ha ringraziata Uyi, respirando pesante.

– Baby girl, are you okay? – Mama Destiny, dallo sguardo dolce e disponibile, ti ha accarezzato la spalla e ti ha studiata con preoccupazione.

Hai annuito. – Yes, ma'am.

Ti ha fatta accomodare a tavola mentre Uyi spiegava l'accaduto. Non hai pensato a molto altro, ti sei seduta in quella casa tanto piccola quanto accogliente, hai guardato le foto sulla parete della cucina e ti sei lasciata rapire dai paesaggi africani, dai colori, dalle famiglie numerosissime. Hai pensato alla tua. Alla nostalgia che provavi per i tuoi fratelli, gli zii, i genitori e gli amici. Chissà perché, ti è venuto in mente Robert. Non ci pensavi da molto. E le feste in chiesa, la musica, il cibo, il caldo e il caos della città che hai odiato per anni e che ora ti mancava come l'abbraccio di tua madre.

Mama Destiny vi ha offerto riso bianco e *stew*.

– Uyi, cosa stavi facendo sulla strada a quest'ora, eh? Trouble boy. Ancora casini? Uyi?

Uyi ha cercato di non incontrare lo sguardo della donna che da dolce era diventato severo. Ha preso una grossa cucchiaiata e se l'è portata alla bocca, giustificando il silenzio con il cibo. Mama Destiny ha scosso la testa, ha riempito un altro piatto e te l'ha porto senza chiederti se avevi fame. Il cibo, nella vostra cultura, è cosí che funziona: quando si può si mangia. Mangiare è importante: è sicurezza, è prendersi cura dell'ospite. Ti ci sei fiondata sopra ringraziandola infinite volte, e hai pensato alla cucina di tua madre.

– Drugs? Again, Uyi? Are still doing this kind of job? – Mama Destiny ha scosso la testa. – God's forbid!

Con la bocca piena di cibo hai incontrato lo sguardo di Uyi che, non appena ha letto lo stupore nel tuo, si è voltato per prendere dell'altro riso. Ecco il perché della sua paura. Ecco perché lo incontravi sempre di notte. E il perché di quel suo modo di fare particolare: chiedere sempre di te e non parlare mai di sé. Eravate tutti e due sulla strada, piú simili di quanto immaginavate. Tu la prostituzione, lui lo spaccio. Due ragazzi invisibili poco piú che adolescenti.

Mama Destiny si è avviata alle scale. – I'm going to check my babe. Both of you can sleep here tonight.

– Thanks, ma'am, – avete risposto all'unisono.

Lei vi ha fatto un cenno con la testa ed è sparita al piano superiore. Uyi si è alzato e ha posato il piatto nel lavello. Lo hai raggiunto. Lui, appoggiato con la schiena al frigo della cucina, ha cercato ancora di ignorare il tuo sguardo. – Gladys, – ha sussurrato nel tentativo di imbastire una spiegazione. Ma a quel punto tu gli hai preso il viso tra le mani e ti sei lasciata stringere i fianchi. E poi le labbra. Nient'altro che labbra.

8.

La figlia di Gladys, Sabrina Efionayi, nasce nel pieno dell'ultima estate del secolo, il 18 agosto 1999, in un luogo, Castel Volturno, che offre il meglio col sole radioso e le spiagge piene. E mentre fuori l'aria brucia, la luce è tanta e le onde del mare si confondono con le risate dei bambini che si rincorrono sulla sabbia, a un paio di chilometri, al Pineta Grande, in una stanza al terzo piano, una donna nigeriana guarda dormire la vita che ha appena dato alla luce. È cosí piccola, Sabrina, che ogni volta che la sfiora Gladys ha paura di farle male. Le si avvicina come si fa con le cose preziose, con delicatezza, strofina il naso contro la pelle della nuca, contro le guance, inebriandosi del suo profumo.

Nei gesti di Gladys c'è una voglia infinita di amare. Sa che amerà quella bambina per sempre e come non ha mai amato nessuno. Sa che Sabrina non può rendersene conto, ma un giorno lo capirà, pensa sfiorandole la fronte con l'indice della mano destra e disegnando piccoli cerchi. Il parto, lungo e solitario, l'ha sfinita, ma ora guarda quella bambina come se prima di quel momento non ci fosse mai stato nulla. – *Courage,* – sussurra. – Lo sai cosa mi ha detto tua nonna quando ho saputo di aspettare un bambino? Mi ha detto di avere coraggio. Ho avuto paura di non averne abbastanza, ma ora eccoti qui. Ora ho capito. Ho avuto te. E tu sei *Courage.*

La porta della camera si spalanca. Gladys fa un balzo, stringe Sabrina al petto. Joy immobile, statuaria, si erge sulla soglia. A Gladys si ferma il cuore. È come se la bolla di affetto fosse esplosa, facendole mancare il pavimento sotto i piedi, precipitandola nella realtà. Joy entra seguita da una infermiera contrariata che grida che no, non si fa cosí, non può entrare in questo modo. L'infermiera è bassa e magrolina. Joy la sovrasta con la sua mole possente. – È mia sorella, – risponde con un tono di voce troppo alto. – Diglielo tu, *Esosa*.

– Joy, – dice Gladys. – Sister Joy, – si corregge. – Please... she's sleeping –. Indica la bimba con un cenno del capo. Joy avanza verso il letto. L'infermiera si ferma, la guarda con disappunto poi lascia la stanza sbuffando e lamentandosi a bassa voce. Per un tempo che a Gladys sembra infinito, nessuno dice nulla. Joy guarda sia la madre sia la figlia con una smorfia sprezzante, le narici le si allargano, le labbra si chiudono. È in piedi di fronte al letto e Gladys sente il peso della sua ombra proiettata sulle lenzuola.

– Look at you, – dice.

Gladys tiene lo sguardo basso.

– Look at you.

– Sister Joy. Please...

– Guarda che casino –. La indica con la mano e scuote il capo. – What's her name?

– Sabrina.

Nella voce di Gladys c'è un pizzico di vergogna e mentre lo dice non riesce neppure a guardare la figlia. Joy non ha nessuna reazione, continua a guardare Gladys con lo stesso disappunto. Gladys spera in un segno di approvazione, spera in una tregua, seppur breve, spera che quel nome possa suscitare una reazione positiva e invece non cambia nulla, non si è smosso nulla in Joy, come se nella sua testa tutto ciò significasse guai e nient'altro. Eppure Gladys si è sottomessa a un volere muto: ha rinunciato a un nome libero per una bambina libera dandole quello della figlia della sua aguzzina.

– Devi tornare a casa, – dice Joy. – Tornare al lavoro –. Poi fa un passo indietro, lancia un'ultima occhiata alla bambina ed esce dalla stanza.

La porta non si è ancora chiusa, l'odore e la presenza di Joy aleggiano nell'aria e le lacrime stanno già rigando il volto di Gladys. Singhiozza una preghiera in benin. È la prima volta che prega con la figlia tra le braccia. Chiede al Signore di proteggerle e di regalare loro una vita lontano dal male. Sabrina piagnucola. Forse ha fame. Il pianto si mescola alle preghiere. – It's okay, my love, – dice Gladys, scoprendosi il seno e portandolo alla bocca della bimba. Sabrina lo rifiuta, non riesce ad afferrare il capezzolo tra le labbra e continua a piangere. – No, no, wait... aspetta! – Gladys è ancora in lacrime, non sa che fare. Sabrina strilla. Gladys è presa dal panico, la vista ostacolata dalle lacrime.

Un'infermiera sente il pianto ed entra in stanza.

– Scusami, – dice Gladys. – I'm so sorry. I'm sorry, my love, – piange ancora. Prova a scusarsi, per tutto. Per tutto quello che succederà, per Joy, per il futuro.

– Signora, va tutto bene? – chiede l'infermiera accostandosi al letto.

– Non vuole mangiare. Non vuole! Non sono capace di...

– Le faccio vedere io. Stia tranquilla.

Con l'aiuto dell'infermiera Sabrina si aggrappa al seno. E madre e figlia smettono di piangere, insieme.

– Oh my God! She's so cute!

Gladys è a casa. A casa di Joy, ma è quello l'unico posto

che in Italia chiama casa. È circondata dalle altre ragazze che guardano Sabrina avvolta in una coperta rosa. Le ragazze, tutte giovani come lei, non riescono a staccare gli occhi dalla piccola, sono ammaliate, l'emozione illumina i volti affaticati e segnati dalla violenza e dal degrado. Tra loro Gladys si sente abbracciata e accudita. Stella le accarezza la schiena, seduta accanto a lei sul letto che altro non è che un materasso steso a terra. Le ha regalato delle lenzuola pulite, lenzuola che profumano di nuovo. Le ha anche riordinato la camera spostando i vestiti e le scarpe nell'armadio bianco all'angolo. Quella camera che è abituata a guardare con disgusto, con le pareti grigiastre, spente e vecchie, la muffa agli angoli del soffitto, ora ha una luce diversa. La finestra è aperta ma le tende rosse proteggono dal sole accecante di agosto.

Stella afferra una borsa abbandonata su una sedia e la sporge a Gladys. – Mama Destiny, – le dice.

– Who is Mama Destiny? – chiede un'altra ragazza.

– A friend, – risponde Gladys.

Mama Destiny è l'unica persona riconducibile a Uyi, l'unica con cui può parlare della sua situazione con quell'uomo che ama e odia. Uyi non era in sala parto, non è venuto a farle vista, non era nell'auto che l'aveva riportata a casa, non è venuto a dare il proprio nome alla bambina. Mama Destiny lo sa ed è dalla parte di Gladys. Nella borsa ci sono vestiti per Sabrina, pannolini, un biberon e del talco.

– Mama Sabrina?

È la prima volta che la chiamano cosí: è una loro usanza chiamare i genitori unendo il ruolo al nome della figlia o del figlio primogenito. A chiamarla è stata l'altra Sabrina, la figlia di Joy. La porta è socchiusa e nello spiraglio appare il volto emozionato della bimba incorniciato da lunghe trecce. Chiede il permesso di entrare.

– Entra, – fa Gladys.

Sabrina cammina timidamente sotto lo sguardo vigile delle ragazze. La tensione è evidente. Ester e Stella si scambiano sguardi gonfi di fastidio. Trovano ingiusto e irritante che la figlia di Gladys porti il nome di quella bambina, non sono d'accordo che la sua storia inizi cosí.

– Good afternoon, Mama Sabrina –. Sabrina ridacchia nel dover ripetere il proprio nome. – Com'è bella! – Si inginocchia di fronte a Gladys e lei allunga una mano per accarezzarle i capelli.

– Anche tu sei molto bella.

– Perché l'hai chiamata come me?

– Your name is fine. I like it.

– Piace pure a me, – risponde Sabrina, orgogliosa.

– She is fine like you, Sabrina, – aggiunge Stella a denti stretti.

Sabrina non coglie la ruggine nel complimento e il suo volto si illumina. – Thank you.

Ma quando Gladys sorride a Stella per ringraziarla di quel gesto, Stella non ricambia. Dice: – Andiamo! – e fa segno alle altre di uscire dalla stanza. – She needs some rest. Let's go outside.

Rimaste sole, Gladys bacia la piccola Sabrina sulla fronte. – Vedrai, – le sussurra, – everything is gonna be okay.

Essere madri non è semplice, esserlo a casa di Joy, con la fretta di tornare a vendere il proprio corpo, è un inferno. Sabrina piange, la tensione è affilata come un rasoio e Gladys fatica a riprendersi dal parto. Riesce a malapena a stare in piedi, figuriamoci se può tornare a lavorare: nelle sue condizioni non attirerebbe un solo cliente. I soldi, però, le servono. Stella continua a prestarle qualcosa, ma non basta. Un pomeriggio tardi, con il sole che si prepara a tramontare, Gladys è lí che culla la figlia passeggiando avanti e indietro di fronte al letto. Sabrina piange. – I beg, Sabrina. Don't cry, – la implora. – Don't cry.

Le fanno male le gambe, le fa male il basso ventre, non ha soldi per chiamare la madre in Nigeria, e anche i pannolini scarseggiano. Sabrina prende il latte dal seno, ma sembra non bastare mai. Ci sono momenti in cui Gladys si sente cadere, in cui le pareti della casa sembrano flettersi. Afferra una coperta dal bracciolo del divano, avvolge Sabrina ed esce in giardino, ma lei continua a piangere, non le dà tregua. Gladys non sa piú cosa fare. Si siede. Il sole le scalda la pelle. Ha la fronte coperta da un velo di sudore e il palato secco. Le viene sete, vorrebbe tornare dentro a bere ma le manca la forza. Rimane in giardino a farsi coccolare dal sole. Lo sente sulla guance, chiude gli occhi. Sabrina continua a piangere.

– *Esosa*! – Gladys si volta e vede Joy avvicinarsi al cancello rosso insieme a Stella. Cammina veloce. Le si para di fronte. – I want you to go back to work, *Esosa*. This week.

Gladys non crede alle sue orecchie, rivolge uno sguardo implorante a Stella in cerca di sostegno. – I'm too weak, – risponde. – I need time, please.

– You need time? Look what you did with your time! – Joy tira via la coperta che nasconde Sabrina tra le braccia della madre.

Stella si avvicina, strappa la bimba a Gladys e si allontana di qualche passo. Gladys non ha nessun altro posto dove andare e sa che se scappasse le conseguenze sarebbero devastanti. È bloccata in un limbo, tra la prigionia di Joy e la vita di Sabrina. – I will go back to work this week, – dice Gladys, sottovoce. – But I need some money for my child now –. Stella la scruta sorpresa dal coraggio. Gladys sa di non avere piú nulla da perdere. Non può piú contare sui prestiti delle altre ragazze. Anche loro hanno a che fare con Joy e non se la passano meglio. Il tempo di capire la richiesta e gli occhi di Joy si spalancano, increduli. Allarga il braccio, lo carica e colpisce Gladys con uno schiaffo devastante. Gladys sente le orecchie andare a fuoco. Stella urla e il suo urlo spaventa Sabrina che scoppia a piangere ancora piú forte. Lo schiaffo è stato cosí violento da farle girare la testa. Ha gli occhi pieni di lacrime per quanto fa male, eppure non dice una parola, lascia che Joy la guardi con odio. – Questo casino è tuo, – ci tiene a dirglielo in italiano. – Don't ask me money again.

Joy rientra in casa. Stella si riavvicina a Gladys che si lascia cadere sugli scalini dell'ingresso con il viso tra le mani. Tira su col naso, alza lo sguardo verso la casa di fronte e si accarezza la guancia dolorante con il palmo della mano. Poi si solleva e scioglie Sabrina dalla stretta di Stella, che la guarda con sospetto. – What are you doing, *Esosa*?

Gladys scende lentamente i gradini, uno ad uno. – Libero mia figlia, – dice.

9.

Nella musica cercavi la pace. Ti hanno insegnato quanto importante fosse per la tua cultura e per la tua gente. Attraverso i canti e i balli, con il loro valore sociale e religioso, riuscivi a sentirti parte di una comunità piú grande.

Una volta mi hai raccontato che durante il funerale di tuo nonno la famiglia e gli amici organizzarono una festa con musica e cibo. La mia cultura e le mie abitudini, nel sentire quelle parole, hanno trasformato quella celebrazione in una assurdità. Come si può essere felici di fronte alla morte di un caro? Ma tu mi hai spiegato che quella che va celebrata, infatti, è la vita, la vita che ha vissuto. Ci si augura di vivere tanto quanto lui e si ringraziano gli anni passati insieme. Me lo hai raccontato e ho realizzato come, tra me e te, persino la percezione di una cosa semplice come la musica fosse un motivo di distanza. Non capivi perché non mi piacesse ballare, perché fossi cosí timida tanto da preferire restare seduta in un angolo invece di ondeggiare insieme agli altri bambini cullati dai canti del coro della chiesa.

Tu amavi cantare e ballare. Io restavo in silenzio perché la confusione mi spaventava.

Quando eri adolescente, a Lagos, facevi parte del coro della Freedom Church. All'inizio la chiesa era una stanza dietro un fast food abbandonato, poi negli anni è arrivata sempre piú gente, sempre piú donazioni, e si sono spostati in un edificio piú grande e tu piú volte mi hai raccontato quanto erano belle le pareti bianche appena ridipinte e i veli azzurri lungo le finestre a proteggere dai raggi del sole. Mi dicevi sempre quanto era bella e spaziosa la Freedom Church, e quanto fosse piacevole celebrare la messa e provare i canti in un luogo cosí pieno di luce.

Una domenica mattina eri lí che cantavi insieme a tua sorella minore Helen e altre due ragazze poco piú grandi. Ondeggiavi a ritmo di musica e cantavi in yoruba senza capire cosa stessi dicendo. A Lagos si parla yoruba. I tuoi fratelli essendo arrivati lí da bambini l'avevano imparato frequentando la scuola, ma la scuola tu l'avevi già lasciata. Indossavate un abito azzurro stretto sul ventre e lungo fino alle caviglie, che scivolava lungo i fianchi. Le ragazze e i ragazzi del coro portavano gli stessi abiti per creare armonia, eppure tu riuscivi a distinguerti. L'eleganza dei modi, la voce. Finiti i canti sei uscita dalla porta che dava sul giardino. Un pianto sommesso aveva attirato la tua attenzione già durante la celebrazione. Ti sei ritrovata all'esterno, con un sole alto che picchiava sulla fronte. Hai dovuto socchiudere gli occhi dal fastidio. Ti sei accorta di una bambina di una decina d'anni che tentava di placare i pianti di un neonato. Ti sei accovacciata e hai lasciato che lei ti poggiasse il bambino tra le braccia. Aveva gli occhi pieni di lacrime ma quando si è ritrovato stretto al tuo petto ha iniziato, con respiri lenti, ad accoccolarsi a te. Le sue mani cercavano i tuoi afro stretti. Gli hai asciugato le lacrime con il bavaglino che teneva al collo. Lui ti ha guardata come se volesse riconoscerti.

– Rudy! – Una giovane donna ha richiamato la bambina che le è corsa incontro abbracciandola.

– *Iya!* – Mamma.

In chiesa i bambini, soprattutto quelli piú irrequieti, venivano lasciati liberi di gironzolare in giardino. In particolare le bambine uscivano per occuparsi di quelli piú piccoli, che, come in quel caso, non smettevano di piangere: era necessario portarli fuori per non disturbare la messa. La madre di quella bambina era uscita a controllare che andasse tutto bene e ha visto te con suo figlio. È sembrata molto sollevata.

– Good morning, ma'am, – l'hai salutata. Era giovanissima, ma pur sempre piú grande di te. Ti sei rivolta a lei con un sorriso che ha subito ricambiato. Poi ti ha parlato in yoruba e non ci hai capito quasi nulla. Eri imbarazzata perché non conoscevi bene la lingua. Lei lo ha intuito.

– What's you name?

– *Esosa*.

– You're not Yoruba, *abi*?

– No, ma'am.

Ha preso il bambino che avevi in braccio. Tu non hai smesso di guardarlo nemmeno per un istante, ti sei beata anche dello sguardo amorevole della madre che lo ha stretto a sé. Lei ha continuato a sorriderti, eri cosí giovane e cosí brava con i bambini, una premura che non passava inosservata.

– You're gonna be a good mother, *Esosa*, – ti ha detto, prima di prendere per mano anche la piccola Rudy e rientrare all'interno della chiesa. Sei rimasta lí fissando quella madre allontanarsi da te, passo dopo passo.

Uyi era arrivato dalla Nigeria lasciando la propria famiglia di origine in un villaggio molto povero. Aveva lavorato come bracciante a Villa Literno, da dove era scappato dopo una violenta lite col proprietario. Quindi aveva raggiunto un gruppo di amici al Villaggio Coppola. Loro lo avevano inserito nel giro dello spaccio. Erba, all'inizio. Solo quello.

Era un ragazzino, aveva appena diciassette anni, e quando aveva visto quanto si poteva guadagnare spacciando non ne era piú uscito. Tu non hai mai messo bocca sulla sua vita, non eri certo nelle condizioni per consigliare a qualcuno una strada piuttosto che un'altra. Sapevi anche cosa comportava mollare tutto. Non gli hai mai detto cosa fare, come lui, per quanto avesse voluto, non ha mai detto a te come liberarti dalle tue catene.

Le sere che passavate a letto insieme, quando dicevi a Joy che andavi a lavorare e, finendo prima, andavi a casa di Mama Destiny per stare con lui, sono i ricordi piú belli di quel periodo. Avevate un letto singolo ma molte coperte, capaci di tenervi al caldo per tutto il tempo. Un calore meritato dopo ore passate nel gelo della notte. Ti stringevi al suo petto e chiudevi gli occhi. Dopo aver fatto l'amore, nudi, abbracciati, parlavate un sacco, sognavate un futuro diverso e vi raccontavate che le fatiche del presente servivano ad accorciare le distanze per una vita perfetta. Era necessario parlare, sognare, immaginare qualcosa di diverso e che potesse darvi pace.

– When everything's gonna end, we will get married, – ti prometteva.

– I want a traditional wedding with all my family, – aggiungevi, sognante. – All my brothers and sisters.

– In Nigeria?

– Of course! – Non pensavi di sposarti in un posto che non fosse casa tua, circondata da persone che non fossero i tuoi cari. Immaginavi la grande festa che avrebbero organizzato le vostre famiglie riunite e tutto il cibo che avreste mangiato. I tuoi fratelli avrebbero cantato e ballato, le tue sorelle si sarebbero avvolte in abiti colorati e gli zii, in segno d'augurio, avrebbero fatto piovere soldi su di voi.

Le volte in cui parlavate di un futuro insieme te le ricordi bene, perché quando lui non c'era ti aggrappavi a quelle fantasie. Ti scorrevano in testa come un fiume e ti aiutavano a respirare in quelle notti infinite sotto le mani ruvide di uomini che non ti amavano. Il matrimonio, una famiglia, le feste, il cibo, il tuo Paese e tutto quello che ti mancava erano diventati la piú grande delle preghiere. E quando eri chiusa nel bagno di casa di Mama Destiny, quella mattina di metà dicembre, con in mano un test di gravidanza positivo, hai pensato che quei desideri potessero prendere forma molto prima.

Eri incinta, aspettavi un bambino. Hai sempre usato precauzioni con i clienti. Con Uyi, invece, ti sei detta che non ce n'era bisogno, perché eri innamorata. Non ti è stato insegnato molto sul sesso. A Lagos tua madre ti raccomandava di non frequentare uomini finché non avessi deciso di sposarti e sistemarti, ma non si era mai presentata l'occasione di parlare di cosa voleva dire «frequentare uomini». Una volta arrivata in Italia, la verginità l'hai persa con un ivoriano amico di Joy. Non hai ricordi nitidi di quella esperienza, ma ciò che ti ha lasciato è l'impressione che stare con uomo non avrebbe mai significato altro, per te, se non una prigionia fatta di carne. Poi facendo l'amore con Uyi hai capito cosa fossero i baci e le carezze, e cosa fosse il piacere. Ti sei persa tra le sue braccia e nei vostri gemiti. Era tutto cosí bello che non avevi bisogno di chiedere cosa fare, come farlo, quanto farlo. Ti sei sentita amata e rispettata, e quando hai scoperto di aspettare un bambino hai pensato immediatamente che non fosse altro che il frutto del vostro amore.

Mama Destiny era seduta sul divano con sua figlia Destiny. La stava aiutando con i compiti di scuola. Quando sei uscita dal bagno lei ha alzato lo sguardo verso di te e ti ha sorriso, ma quando ti ha vista stringerti al ventre quel bastoncino lungo e sottile ha capito che avevi bisogno di parlare. Ha mandato via la bambina e ha lasciato che ti sedessi accanto a lei, ti ha messo una mano sulla spalla e avete parlato.

– I'm pregnant, – le hai confessato.

– Jesus Christ… – ha sussurrato Mama Destiny controllando il test. – You're pregnant.

– It's Uyi's, – hai affermato con sicurezza.

Hai visto un velo di dubbio nello sguardo di Mama Destiny e per un momento ti sei sentita sbagliata. Hai pensato che magari non fosse suo: in fondo, da una prostituta ci si può aspettare di tutto. Tutti gli uomini con cui sei stata e che ti hanno disumanizzata, oltre alla dignità avrebbero potuto strapparti via anche la voglia di essere madre se quel figlio non avesse avuto la certezza di un padre.

– I'm sure, – le hai detto, ma questa volta eri meno convinta.

Mama Destiny ha sospirato, si è alzata e ha preso il cellulare dal tavolo. Ha chiamato qualcuno e quando dall'altra parte gli hanno risposto, ha parlato in una lingua che non conoscevi, sicuramente appartenente alla Nigeria, ma non benin o yoruba. Mama Destiny era Igbo. Ti sei chiesta con chi parlasse, ma hai preferito restare in silenzio e continuare a stringere quel test che ti prometteva un bambino e una vita nuova.

– Okay. Thank you, eh! Bye, – ha salutato Mama Destiny, terminando la telefonata.

Si è voltata verso di te e ti ha chiesto di aiutarla a preparare il pranzo. Hai apparecchiato la tavola avvolta nel silenzio, il cuore ti batteva cosí forte che eri convinta che da un momento all'altro sarebbe uscito fuori dal torace. Era l'unico suono che riuscivi a sopportare, ma piú si intensificava piú tremavi. In testa ti ripetevi solo una cosa:

«sono incinta». Non riuscivi a pensare ad altro. Mama Destiny saltava le verdure in padella e non ti rivolgeva parola. A un certo punto ti sei accorta di essere spaventata, anzi, terrorizzata. Aspettavi un bambino. E piú passavano i minuti, piú ne prendevi coscienza. Eri incinta, mamma. Avevi sempre desiderato un figlio ma eri terrorizzata, perché non volevi creare una vita in un Paese che non conoscevi, mentre stavi in una casa che non era la tua, e senza nessuno su cui contare. Tua madre non era qui, cosí come il resto della tua famiglia. Chi avrebbe pensato alla tua bambina se a malapena qualcuno poteva pensare a te?

– I'm pregnant –. Ti sei portata le mani ai capelli. Hai stretto i pugni. Ti sei accasciata tra grida disperate. – God! Oh, God!

Mama Destiny ha spento la fiamma e scoperto la pentola del riso. Si è avvicinata a te. – Get up, – ti ha ordinato, semplicemente. – Gladys, get up.

Hai guardato quella donna, dai fianchi larghi e gli occhi penetranti.

– Come on. Get up!

Ti sei pulita il naso con la manica della felpa: un gesto infantile di cui nulla ti è importato.

– You cannot cry all your tears –. Mamma Destiny si è chinata su di te, ti ha afferrato il volto tra le mani, ti ha guardata dritta negli occhi e ti ha sollevato il mento verso l'alto. – Get up, Gladys. You're a woman. You're a black woman in a country where we are nothing. In a country like this, in a world like this, you have to be a woman twice. All you have to do as a woman, all the pain and all the love, you have to fight for it, twice. Cause you're a black woman.

Mama Destiny aveva ragione quando ti diceva che avresti dovuto fare tutto il doppio, per attraversare il mondo a testa alta. Non potevi permetterti di essere debole. Io invece avrei voluto che quelle lacrime ti fossero concesse, cosí come quella fragilità. Perché, come Mama, molti altri si aspettano che in quanto donne e nere siamo pronte e forti in ogni momento della nostra vita. Penso di non averti mai vista piangere fino a singhiozzare come mi hai detto di aver fatto quando hai realizzato di essere incinta. Le parole di Mama Destiny me le hai ripetute fino allo sfinimento.

Siamo donne nere e non possiamo permetterci neppure di essere fragili.

10.

Nando ha un'altra sorella oltre Nunzia, si chiama Antonietta. Antonietta ha trentatre anni, non è sposata e vive ancora con i genitori, Anna e Salvatore. Fin da ragazzina ha aiutato la madre con i fratelli minori e ora lavora con lei come sarta. Salvatore, il padre, ha sempre lavorato nelle cucine degli ospedali e visto che i turni erano complicati accanto alla madre c'è stata lei, Antonietta. E anche quando Nando e Maria hanno cominciato a frequentarsi, Antonietta è stata la prima a sostenere la loro relazione. La madre la considerava frettolosa, ma era piú che altro una questione di gelosia: è sempre stata molto attaccata ai figli maschi, lei, e non era storia nuova che cercasse di intrufolarsi nei loro rapporti.

Antonietta, invece, Maria l'ha presa subito come una sorella. Era evidente l'amore che quella ragazza provava per Nando, glielo si leggeva negli occhi. E li ha sempre incoraggiati, anche quando hanno deciso di trasferirsi da Secondigliano a Castel Volturno. Antonietta adora il mare e il fatto che Nando e Maria siano andati a stare in una villetta bifamiliare, mettendo a disposizione sua, dei genitori e dell'ultimo fratello, il piú piccolo, Lello, l'altra metà della casa, un rifugio per scappare di tanto in tanto da Secondigliano, le sembra una benedizione. Infatti Antonietta passa al Villaggio Coppola tutto il tempo che riesce, soprattutto d'estate; aiuta Maria e si gode il mare e i nipoti.

Un pomeriggio Antonietta e Maria sono in macchina, stanno tornando dalla spiaggia, cotte dal sole. Salvio e Davide sono crollati sul sedile posteriore mentre Luca, sveglio, tiene il finestrino abbassato e spia i passanti sul marciapiede fissando gli altri bambini e salutando chi lo guarda.

– Oggi non si può proprio stare, – commenta Maria facendosi aria con un ventaglio. Indossa un abito estivo arancione che crea un contrasto piacevole con il colore ambrato della pelle. Sotto ha ancora il costume bagnato.

– Quando arriviamo fai lavare i bambini, – propone Antonietta. – Poi andiamo a prendere un gelato.

Maria si volta a guardare i figli. – Non lo so, Antonie'. Salvio e Davide dormono. Magari li metto a letto.

Luca, goloso di gelato, nel sentire quelle parole, dà una gomitata al fratello maggiore per svegliarlo.

Salvio mugola e lo allontana col braccio. – Vattene! – sbuffa.

– Andiamo. Svegliati, – sussurra Luca. – Ci perdiamo il gelato.

Antonietta lo sente e si volta. – Ué! Lascialo stare. Ci andiamo un'altra volta a prendere il gelato.

Posteggiano e scendono dall'auto. Luca corre in casa arrabbiato, mentre Antonietta prende Davide tra le braccia. Esce pure Nando a dare una mano con le borse. Chiede alla sorella com'era il mare e Antonietta risponde: – 'Na favola!

Dopo la doccia, Antonietta esce in cortile per stendere il costume e il telo da spiaggia, ma subito la sua attenzione viene catturata da una ragazza nera di fronte al cancello; stringe al petto una neonata. Antonietta lascia la bacinella ai piedi delle scale.

– Ehi, ciao –. Sorride. – Tu sei Gladys.

Gladys annuisce. – Maria?

– Maria sta facendo il bagno ai piccoli. Vieni, entra –. Antonietta apre il cancello ma Gladys non si muove, si limita a guardarsi intorno. Lei e Antonietta non si sono mai parlate prima.

– Questa è la tua bambina?

– Sí.

– Come si chiama?

– Sabrina.

– Sabrina, – ripete Antonietta. – Che bel nome –. Si sporge per guardarla. Sabrina mugugna stretta in una tuta grigia troppo grande. – È bellissima –. Allunga una mano e la piccola le stringe un dito.

– Tienila, – dice Gladys con un filo di voce.

Antonietta la prende e la culla, le sfiora il naso con la punta del dito. – Quanto ha?

– Undici, – risponde Gladys.

– Undici giorni?

– Sí.

– Maronn'. Undici giorni. Senti, ma non vuoi entrare? Ti porto da Maria.

Gladys scuote la testa.

Antonietta nota gli occhi rossi e aggrotta la fronte. – Di' un po' ma hai pianto?

Gladys tace.

– Cos'è successo?

Silenzio.

– Entra, vieni. Andiamo da Maria –. Antonietta fa per ridarle la bambina, ma Gladys indietreggia.

– Tienila, – singhiozza.

– Okay, io la tengo, ma tu entra.

– No, no. Devi tenerla –. Gladys piange e rifiuta di riprendere la bambina con sé.

D'un tratto Antonietta ha la sensazione che Gladys le stia dicendo qualcosa che supera la sua capacità di comprensione.

– Ué –. Nando esce di casa insieme a Maria. – Gladys, che sta succerenn'?

– Non capisco, – fa Antonietta. – Mi dice di tenere la bambina. Cioè... è come se...

– Tenetela, – dice Gladys guardando Nando e Maria. – Vi prego. Voglio che la tenete voi. Che la fate vivere in casa vostra.

– Ma che dici? – fa Maria.

– Non posso averla con me –. Gladys scoppia a piangere.

– Gladys, entra per favore, – dice Nando. – Bevi qualcosa. Raccontaci che succede.

– Dovete tenerla voi, va bene?

Maria si porta la mano alla testa, si sente scoppiare il cuore, fa per parlare, sta cercando le parole migliori per calmare Gladys e ricomporre la situazione, ma Nando la anticipa, e dice: – Va bene –. Maria e Antonietta si voltano a guardarlo, meravigliate e sconvolte. Gladys finalmente sorride, triste ma sollevata. Nello sguardo c'è tutta la speranza che riservava in quella risposta. Si asciuga le lacrime con i polsi.

Maria ha la bocca spalancata. – Nando, ma che dici?

– Dico che intanto la teniamo. Con tutti 'sti bambini non ci fa certo difficoltà ospitarne un'altra per un po' e cosí intanto Gladys si tranquillizza. Vero Gladys?

– Sí.

Maria annuisce. – Va bene. Intanto fa' quello che devi fare, Gladys. Poi torni e vediamo di parlare, okay?

– Torno dopo, – dice Gladys. – Grazie –. Allunga una mano e accarezza la figlia sulla fronte.

Maria, Antonietta e Nando la guardano attraversare la strada, di solito larga il giusto per far passare una macchina ma in quel momento vasta piú del mare. Due case, una di fronte all'altra. Un confine. Nando fa qualche passo nella direzione di Antonietta, ferma e confusa, con la bambina in braccio. – Antonie' hai voglia di cominciare a entrare? – dice. – Noi arriviamo subito –. Chiude il cancello e lancia una rapida occhiata alla casa di fronte. Gladys e Stella sono scomparse e il cortile è vuoto. Si volta e incontra lo sguardo incredulo di Maria. Le prende il viso tra le mani accarezzandole le guance con i pollici. – Sei spaventata?

– Se sono spaventata? Nando, ti rendi conto?

– Eh.

– Che vuol dire che ci teniamo la bambina?

– Non lo so manco, io. Ma è una bambina, Maria. Una creatura...

– L'ho vista, Nando. Che pensi, che sono cieca?

– È una creatura indifesa. Una cosetta piccola e innocente. Senza colpe –. Sventola il braccio in direzione della casa di Joy. – Che colpa ha di tutto questo? Gladys non potremo mai capirla, ma alla fine che bisogna capire? Non sta chiedendo aiuto per sé stessa, lo chiede per sua figlia. Come facciamo a dirle di no?

– Ma sei proprio sicuro?

– Vediamo. Magari anche Antonietta può darci una mano.

Maria gli stampa un bacio sulle labbra, delicato come una foglia che cade a terra. – Senti, va' a comprare delle cose per la bambina. Mo ti faccio un elenco. Io dovrei avere ancora qualche tutina, lo sai che non butto mai nulla. Quando torni ci organizziamo.

La vita della famiglia napoletana, la loro routine quotidiana, tutto d'un tratto è stravolta. Improvvisamente c'è una bambina in piú di cui prendersi cura. Gladys ricomincia a lavorare. Dovendo riprendersi dal parto inizia con clienti che non pretendano troppo dal suo corpo. Lavorare per strada è diverso dopo che sei diventata madre: il tuo fisico non è piú lo stesso, né visivamente, né simbolicamente. Poi quando torna a casa, quando Joy è via, va da Sabrina, che è diventata ospite fissa della casa di fronte.

Un pomeriggio Gladys racconta la sua storia ad Antonietta: tutta, dall'inizio alla fine. Sabrina è in braccio a Gladys, Antonietta le è seduta accanto e le guarda. Per quanto ancora fatichi con l'italiano e Antonietta non conosca affatto l'inglese, Gladys riesce a farsi strada tra le parole. Tra loro c'è una buona intesa. Sono entrambe sorelle maggiori, entrambe secondogenite. Entrambe hanno dovuto rinunciare a qualcosa pur di aiutare la propria famiglia. Anche Antonietta non ha concluso gli studi, avendo iniziato a lavorare con la madre subito dopo le elementari. Antonietta è premurosa come Maria, ma piú pragmatica, qualsiasi problema incontri si concentra subito sulla soluzione. Suggerisce a Gladys di scappare. Le ripete di fuggire, prendere Sabrina e andare il piú lontano possibile, in modo che Joy non possa trovarle. Ma per quanto le sue parole siano un balsamo, non c'è molto che Gladys possa fare.

Da quando è arrivata Sabrina, Antonietta non è piú tornata a Secondigliano. Va nei fine settimana ad aiutare la madre, ma oltre ai genitori non ha nulla che la costringa a stare a Napoli. Se loro stanno bene, può permettersi di restare al Villaggio e di aiutare Maria con i bambini, e soprattutto di prendersi cura di Sabrina. Il tempo passa. Antonietta sa che piú tempo trascorre con Sabrina, piú il distacco sarà difficile quando la madre deciderà di riprendersela. Intanto però la vita va avanti e a lei sta bene cosí. Un pomeriggio Maria è seduta al tavolo e sta dando da mangiare a Davide. Lo tiene sulle gambe e lo imbocca facendo attenzione a non sporcarlo. Antonietta è riuscita a far addormentare Sabrina nel passeggino e la dondola avanti e indietro per la cucina. Maria alza gli occhi e la osserva. Le piace vedere la cognata prendersi cura di quella bambina con la stessa premura e lo stesso amore che lei riserva ai propri figli.

– Si è addormentata subito oggi, – dice Antonietta a voce bassa. – Be', dopo tutto quello che ha mangiato. È pure giusto che ora dorma –. Ride.

Davide in quel momento si rende conto che la mamma non lo sta imboccando perché è persa a osservare Sabrina e zia Antonietta, allora dà un colpo al piatto e rovescia la pastina.

– Davide! – sbotta Maria, sbuffando. – Maronna mia. Ma che c'hai?

Antonietta fa cenno di abbassare la voce. Davide inizia a fare i capricci. Maria si alza e cerca di sistemare il disastro sul tavolo. Davide inizia a dimenarsi.

– Davide, a zia, che c'è? – gli fa Antonietta lasciando il passeggino. Lo prende in braccio, liberando Maria e dandole la possibilità di riordinare senza impicci. Davide però ha su il broncio. – Che c'è? Non hai fame?

Davide ha quasi tre anni ma non parla molto. Ciò di cui hai bisogno lo indica e ora indica Sabrina. Antonietta si sporge in avanti e Davide allungando il braccio scaccia il passeggino.

– No! – fa Antonietta. – Non si fa cosí. E che r'è?

– È geloso, – risponde Maria, posando i piatti sporchi nel lavello. – Fa sempre cosí quando sta cu' Sabrina.

Antonietta aggrotta la fronte, confusa. Passa una mano tra i riccioli biondi di Davide. – Non devi fare cosí. Sabrina ora è la tua sorellina, ti vuole bene.

– No! – urla Davide prima di ricominciare a divincolarsi. Antonietta riesce a malapena a tenerlo in braccio. Maria chiude in fretta l'acqua del lavello e corre verso il figlio prima che inizi a piangere e svegli Sabrina. – Non fare cosí. Mamma sta qua. Eccomi! – Prova a tranquillizzarlo. Poi, rivolta alla cognata: – Oggi Gladys ha detto che viene a prendersi un po' Sabrina. Se Davide non la vede magari riesco a farlo dormire.

– Passa oggi?

– Sí

– Oh!

– Che c'è?

– Niente.

– Hai fatto una faccia.

– Non so, è che... ogni volta che se la prende non ti viene il pensiero che non la porti piú?

Maria si ferma a guardarla. – Antonie' ma che dici? È sua figlia.

– Lo so, lo so! Mica dico questo.

– E che vuoi dire?

– Ormai è qui con noi da un po'. A volte non pensi che potrebbe pure restare?

– Macché. Appena Gladys si libera dal debito con Joy e tutti quegli impicci la prende e se la porta. E spero per lei che capiti il prima possibile.

– E noi non contiamo nulla? So che è la mamma, non sono mica impazzita, però Sabrina sta qua, dorme qua, mangia qua. E se piange, piange qua. Con me, non con lei –. Antonietta si siede sul divano. I capelli castani le incorniciano perfettamente il volto, gli occhi socchiusi e lo sguardo pensieroso. Non dice nulla, poi si alza di scatto, irrequieta, afferra il pacchetto di sigarette ed esce a fumare. Se ne porta velocemente una alla bocca e la accende.

Pensa a quanto velocemente siano cambiate le cose nella sua vita. Le torna in mente quanto ha sempre desiderato una famiglia e di come il destino le abbia strappato l'opportunità di averla. La sigaretta le si sta consumando tra le mani quando alza lo sguardo e vede Salvio e Luca rientrare a casa. L'autobus della scuola deve averli lasciati all'incrocio. Li guarda, butta via la cicca e sorride triste.

11.

Passano cinque anni. Antonietta non è piú tornata a Secondigliano. Le piace vivere a Castel Volturno, le piace stare vicina al mare e al fratello, e le piace crescere Sabrina coltivando quella strana, obliqua amicizia con Gladys. Col tempo hanno capito che della bambina avrebbero anche potuto occuparsene insieme. Gladys continua a lavorare per Joy e sembra che il debito che la lega a quella donna non si estingua mai. Ma conosce uomini che diventano clienti abituali e che la riempiono di regali. Indossa ogni giorno il suo sorriso piú convincente e si lascia riempire di attenzioni che usa per facilitarsi la vita. C'è un uomo in particolare che continua a prestarle attenzione, che la porta ovunque lei voglia e fa in modo che non le manchi nulla.

Un giorno di primavera Gladys si fa accompagnare da Mama Destiny.

– My baby! – Mama Destiny le corre incontro per abbracciarla, stringendola forte come se ogni volta non la vedesse da cent'anni. Le prende il viso tra le mani e la riempie di complimenti. – Ah! Fine girl! Look at you, beautiful queen. How your day?

Gladys le sorride e ricambia l'abbraccio. – I'm fine!

– Come! Come inside.

Gladys fa un passo indietro e scuote la testa, dispiaciuta. – I can't. I'm in a hurry –. Si scusa. – Do you still have that thing that I gave you a few weeks ago?

Mama Destiny la guarda con sospetto, si rende conto che alle spalle di Gladys c'è un'auto ferma con il motore accesso e un uomo bianco seduto alla guida. Annuisce senza dire una parola, rientra in casa ed esce dopo qualche secondo con in mano un pacco regalo. – Are you okay? – le chiede ancora accarezzandole il viso.

Gladys annuisce, ma dai suoi occhi spenti si percepisce che no, le cose non vanno come vorrebbe. Mama Destiny vorrebbe chiederle di piú, ma non lo fa.

– Thank you, Mama Destiny –. Gladys la abbraccia e va via.

– Gladys... – la richiama Mama Destiny. – You're strong. Okay?

Gladys stringe le labbra e annuisce cercando di tenere per sé quello che vorrebbe dirle. Sale in auto.

– Andiamo? – chiede l'uomo.

– Prima passa da casa di Sabrina, – risponde lei, chiudendo la portiera dietro di sé.

Sulla strada del ritorno l'uomo le poggia una mano sulla gamba. Gladys si ritrae ma quando lui insiste e la stringe lei tira un sospiro e si arrende. Ogni giorno è una lotta tra ciò che vorrebbe fare e ciò che è necessario che faccia. Quando l'auto si ferma di fronte a casa l'uomo sposta la mano dal suo corpo, ma con gli occhi è come se la spogliasse. Nando è in giardino con Sabrina e Antonietta. Sembra tutto molto tranquillo. Gladys si ferma a guardarli per registrare la scena.

– Ué, Gladys, – la saluta Nando andandole incontro. – Che ci fai qui? Non ti aspettavamo a quest'ora.

Gladys entra, ma prima si gira a controllare che l'uomo sia rimasto in auto. Sembra tranquillo, ma quando Nando lo guarda lui si volta e fa finta di nulla. Nando non chiede: sa che quel genere d'uomo non merita il suo tempo. Si limita a scuotere la testa.

– Tutto bene? – chiede Antonietta.

– Tutto bene, – risponde con voce bassa. – Ciao, my love! – Gladys si abbassa per baciare Sabrina. Lei le si avvicina timida. – Ho un regalo per te, – dice porgendole il pacco che è andata a prendere da Mama Destiny. Sabrina lo afferra e si vede che vorrebbe aprirlo subito, stracciare la carta, guardare cosa c'è dentro, ma prima cerca con gli occhi il consenso di Antonietta.

Antonietta annuisce. – Come si dice?

Sabrina torna a guardare Gladys. – Grazie.

– Give me a kiss.

Sabrina le dà un bacio timido sulla guancia prima di fare qualche passo indietro e farsi aiutare da Nando ad aprire il regalo. È un peluche, un dalmata. La bambina lo guarda e sorride. Gladys sa quanto le piacciono gli animali.

– I love you, – le dice la mamma, accarezzandole le lunghe trecce nere.

Sabrina sta al gioco, si lascia accarezzare, ma ogni volta, prima di fare qualunque gesto, cerca lo sguardo di Antonietta e Gladys se ne accorge.

– Ti fermi a mangiare con noi? – chiede Nando.

– No. Ho da lavorare, – risponde Gladys, allontanandosi da Sabrina. – Grazie Nando.

– E di che?

– Tutto, – risponde lei. – Grazie di tutto –. Dà un altro bacio alla figlia, sorride ad Antonietta e senza voltarsi entra in auto.

– Sei pronta? – chiede l'uomo mettendo in moto.

– Andiamo, – risponde lei.

– Che significa che non è tornata a casa? – Nando si volta verso Antonietta, non crede alle sue orecchie.

Gladys ieri sera non è rientrata, e non è da lei. Nando

sta spostando un vaso colmo di terra. Lo posa sui gradini. Si dà una spolverata alle mani sporche e rugose, strofinandole contro i pantaloni.

– Nessuna delle ragazze l'ha vista. Joy dice che non ha idea di dove sia.

Antonietta gli passa una tazzina di caffè. Nando la prende con due dita. – Be', noi ieri l'abbiamo vista.

– È quello che ho detto anch'io, – risponde Antonietta. – Però poi non è rientrata a casa ieri sera.

– Hanno chiesto bene in giro? Non è la prima volta che non dorme a casa. Sarà con... Insomma, sarà con qualcuno –. Controlla che Sabrina non sia nei paraggi. Ora che la bambina è piú grande cercano di fare piú attenzione alle parole che usano quando parlano della madre. Sabrina non chiede molto di lei, ma quando lo fa, quando chiede di quella donna che piú volte le è stata presentata come la *vera* mamma, è difficile fornire risposte convincenti. Gladys ha chiesto espressamente che non gliene parlino: al momento giusto sarebbe stata lei a raccontarle ogni cosa.

– Ora che ci penso è strano che non sia rimasta piú tempo con Sabrina, ieri.

Nando butta giú il caffè tutto d'un sorso e mentre il sapore amaro gli riempie la bocca scruta le macchie scure sul fondo della tazzina. – L'uomo che stava con lei. Quello sicuro sa qualcosa. Non l'hanno cercato?

– Ho chiesto a Stella. Non sa chi era. Non parlano molto dei loro *amici*, ha detto. Se è successo qualcosa?

– Vabbe', dài, è passata a malapena una giornata.

– E quanto vuoi far passare? Cosa dico a Sabrina?

– Ti ha chiesto di lei?

Antonietta guarda la porta di casa pensando alla bambina che riposa. – No.

– E allora aspettiamo e vediamo che succere. Non possiamo fare altro. Comunque, ieri non era normale. Hai visto quante volte ha salutato la bambina? Ci sto pensando mo, e mi fa strano, - dice Nando.

- Cosa intendi?

- Che sembrava se ne stesse partendo.

- Partendo? E perché non avrebbe dovuto dircelo?

Nando fa spallucce. - E che t'aggia ricere?

Antonietta infila una mano in tasca in cerca delle sigarette, ma non le trova, perché da poco ha smesso di fumare. - Sono solo preoccupata, - dice. - Sai che ieri Sabrina mi ha chiamata mamma?

- Ti ha sempre chiamata mamma. Da quando ha iniziato a parlare. Sei la sua mamma, Antonie'.

Antonietta si passa una mano tra i capelli, tiene lo sguardo basso e usa una voce pacata. - Lo so. A volte le dico di evitare di chiamarmi mamma davanti a Gladys. E come glielo spiego che lo faccio perché lei, la sua madre vera, non ci rimanga male? So come ci guarda, so che nota che Sabrina cerca sempre i miei occhi e le mie mani. Come io cerco lei.

- Ti stai dando delle colpe che non hai.

- Non voglio pensare di aver rovinato un rapporto, Nando. Ma non posso non pensare che se è andata via, tra le tante ragioni della sua partenza possa esserci anche questo.

- Pensi fosse gelosa?

- Gelosia, rabbia, tristezza. Nella testa di una madre che vede la propria figlia chiamare mamma un'altra, ci passa di tutto.

Nando si avvicina, la guarda dritta negli occhi. - Non puoi mettere in dubbio quello che sei stata in questi ultimi cinque anni, hai fatto la cosa piú naturale che potessi fare: volerle bene. Abbiamo amato sia Gladys sia Sabrina.

- A volte anche l'amore ha delle conseguenze.

– E noi quelle che possiamo affrontare, le affrontiamo, – dice Nando.

Nella strada davanti a casa non passano molte auto. Ai bambini è permesso andare in giro in bici senza troppe preoccupazioni, a patto che non si allontanino eccessivamente dalla vista degli adulti e che sia sempre possibile richiamarli. Nei pomeriggi di sole si ritrovano nella pineta. Pezzi di legno, rami e vecchi mobili permettono loro di crearsi, in quella terra di mezzo, una specie di rifugio. L'età dei bambini oscilla tra i nove e i dodici anni. Teresa e Annalisa, figlie di Nunzia, fanno parte della combriccola insieme ai cugini maschi che ogni giorno si incontrano per portare avanti il progetto della loro casa sotto gli alberi. Non sopra. Perché è sotto che la costruiscono. La casa sotto gli alberi è una capanna pericolante che ogni settimana dev'essere rimessa in piedi.

Sabrina non è mai riuscita a legare in particolar modo con i bambini del quartiere, anche con quelli che ormai ha imparato a definire propri cugini. Lo stesso Davide, per quanto i genitori l'abbiano spinto a creare un legame con la bambina, spesso la esclude, o la ignora. Lei cinque anni, lui sette.

Anche quel pomeriggio, qualche giorno dopo la scomparsa di Gladys, Sabrina pedala sulla sua bici con le rotelle fino alla casa sotto gli alberi. Gli altri bambini sono dentro. Chiede di poter entrare. Davide le dice di no.

– E perché non posso entrare?

Davide esce e afferra una vecchia e pesante anta d'armadio, graffiata lungo i lati, la sposta sotto l'occhio attento della cuginetta. Non le presta attenzione, preferisce non rispondere.

– Davide, perché? – chiede di nuovo Sabrina.

Davide lascia cadere l'anta accanto all'ingresso del rifugio. Fa due passi indietro e ammira la sua opera, la stessa che durante la realizzazione gli ha strappato i pantaloni all'altezza delle ginocchia e macchiato di terra la maglia e le braccia. I capelli biondi, lunghi fino alle spalle incorniciano dolcemente il viso innocente dalla pelle olivastra. Un viso dolce che si lascia stropicciare dal sapore aspro della risposta. – Non puoi entrare.

– Perché no?

– Perché le negre non entrano.

Il significato di quella parola, «negra», un bambino di sette anni non lo conosce, ne percepisce solo la violenza. L'ha sentita, sa verso chi va rivolta. Davide sa anche che quando viene pronunciata di fronte ai suoi genitori loro si arrabbiano molto e per questo la usa: se una parola fa innervosire cosí tanto allora è un repellente capace di scacciare chiunque.

Le labbra di Sabrina si imbronciano e gli occhi si riempiono di lacrime mentre tira su col naso, fa qualche passo indietro e inciampa in un sasso. Cadendo a terra, però, riesce ancora a trattenere le lacrime. È ferita e non sa perché. Non sa perché le viene fatto del male. Si rimette in piedi, sale in sella e riprende la strada di casa. La sua bici ha ancora le rotelle, che finiscono con l'incastrarsi tra le pietre e le crepe dell'asfalto. La bici non va avanti, ma lei, già piena di rabbia e dolore, continua a pedalare, sforza finché non si rompe una ruota. Sbuffa, scende dalla bici, e riprende a camminare trascinandola. Decide di guardarsi indietro un'ultima volta. Davide e gli altri bambini si dividono le mansioni come piccoli costruttori. Sabrina tira su col naso e ritorna a casa, a piccoli passi, lentamente. Non si guarda piú indietro. Pensa che se non fosse cosí diversa da loro avrebbe potuto giocarci insieme e dire anche lei la sua. E invece non le resta nulla, non ha nulla.

Raggiunge il proprio cortile, ma prima di rientrare si piega sulle ginocchia per controllare la bici gialla e verde, con il cestino e un campanello stupendo che suona ogni volta che ritorna verso casa. All'interno del cestino ci ha messo il pupazzo di pezza, il dalmata nella posizione seduta che le ha regalato Gladys prima di andare via. Lo porta sempre con sé. Osserva la rotella mancante. Al suo posto c'è un mucchio di fili d'erba e qualche graffio in piú. Si volta indietro e pensa che forse avrebbe dovuto recuperarla la rotella, cosí magari zio Nando avrebbe potuto aggiustarla.

– Sabrina!

Sabrina si guarda intorno per vedere chi la sta chiamando, ma non scorge nessuno. Si rimette in piedi e afferra il manubrio della bici con una mano, mentre con l'altra, allungandosi sulle punte, prova ad aprire il cancello di casa.

– Sabrina!

Si gira. E la vede. Affacciata alla casa in cui abitava mamma Gladys c'è una donna. La conosce, sa che si chiama Joy. Non è mai capitato prima, però, che si trovasse a doverle parlare da sola, e mamma Antonietta le ha sempre detto di non parlare mai da sola con qualcuno che non sia parte della famiglia.

– How are you? – Joy è affacciata alla finestra del primo piano. Indossa una maglia nera a maniche corte che le strizza le spalle larghe e il seno prorompente.

Sabrina la guarda e pensa che una donna cosí grande non l'ha mai vista prima. Sua mamma Gladys, anche se è nera come lei, non è cosí grande e non fa cosí paura. Sabrina si chiede se quando sarà grande, diventerà come Joy o come Gladys.

– How are you, Sabrina? – insiste Joy.

Sabrina non parla l'inglese. Si guarda intorno in cerca di sostegno.

– Tua mamma non ha insegnato a te l'inglese, *abi*? – Joy scuote la testa. – Parli solo italiano, non va bene.

– Sono piccola io, – risponde Sabrina, con voce flebile.

Joy sghignazza. – Guarda mia figlia. Lei parla bene italiano, inglese e edo. Tu con i bianchi parli italiano, e non va bene. È importante l'inglese.

Sabrina non risponde, non sa che cosa dire. Per lei è normale conoscere solo una lingua, tutti i bambini della sua età parlano solo italiano e a casa non ha mai parlato nessun'altra lingua che non fosse quella che le è stata insegnata. Oltretutto, a lei, manco piace parlare: a lei piace il silenzio.

– Tua mamma non ti ha insegnato nemmeno il rispetto, eh? – continua Joy. – Sempre salutare qualcuno piú grande, capito?

La bambina annuisce ripetutamente, mentre continua a guardarsi intorno chiedendosi cosa fare. Non sa se può andare via, se può rientrare in casa o se deve restare ad ascoltarla.

– Vedi tua mamma? È andata via e ti ha lasciato qui. Dov'è tua mamma, eh? Where's your mama?

– Mamma è da nonna.

– No, non Antonietta. Dov'è tua mamma Gladys. Quella è la vera mamma, e non c'è. Tua mamma fa cosí, ha abbandonato te e la sua famiglia ed è andata via. Vedi che brava tua mamma, sí? Vedi?

Sabrina si stringe nelle spalle desiderando diventare ancora piú piccola di quella che è.

– Sabrina –. Maria esce di casa e apre il cancello. – Tutto bene, Joy?

Joy, negli anni, è diventata molto piú ostile nei confronti della famiglia di Maria.

– Mama Davide. Dov'è Gladys?

– Joy, lo sai già, – risponde Maria, sospirando. – Ora non c'è.

Maria mette una mano intorno alla nuca di Sabrina, accarezzandola. Sabrina guarda dal basso quella che ha imparato a chiamare zia Maria, poi torna a fissare Joy.

Joy scuote la testa, si stiracchia la schiena. – Okay, then.

– Tutto bene? – Maria lo chiede a voce bassa a Sabrina che, in tutta risposta, la guarda senza dire nulla.

Joy le saluta e chiude la finestra di casa. Maria aiuta Sabrina a entrare in giardino, insieme alla bici. Poi, l'attimo successivo, le si inginocchia davanti e le prende il viso tra le mani. Sabrina è triste, anche se non sta piangendo, anche se non dice nulla. Il suo viso è piegato dalla confusione, e il suo silenzio stordisce.

– Va tutto bene, sono qui. Dimmi che succede.

Sabrina la guarda a lungo, guarda gli occhi scuri della zia. Allunga una mano e le sfiora la guancia, liscia e chiara. Tanto chiara. Nota la sua mano scura, di quel marrone che a nessuno piace. Il marrone non è mai il colore preferito di nessuno: non lo usa neppure per disegnare le piccole mappe che si crea nella testa. Sua zia invece ha la pelle cosí chiara. Piú di mamma Antonietta e piú di Zio Nando. Nessuno ha la pelle chiara come quella di Maria. Sabrina allontana la mano dal viso di Maria, prima di risponderle. – Si è rotta la bici.

Maria si lascia andare in un sorriso di sollievo, le dà un bacio sulla fronte. Si rimette in piedi e la prende per mano. – Ora la facciamo aggiustare da zio Nando, vieni.

12.

Non so perché sei andata via senza dire niente. So perché lo hai fatto, quello sí. So la stanchezza e l'orrore che ti sei portata addosso per anni e che hai provato a ignorare. So che vedevi che quell'incubo non aveva fine, che quel cammino che stavi affrontando non ti portava da nessuna parte, che i soldi che dovevi a Joy diventavano sempre di piú. Ma perché sei andata via senza dirlo? O per lo meno: senza dire niente a noi.

La tua pelle è nera come i tronchi degli alberi dove da piccola cercavo rifugio, alberi che mi ricordano te, alti, forti, alberi che il vento non avrebbe fatto crollare. E forse, crederti cosí alta e cosí forte è stata una delle ragioni che ti ha fatto crollare negli anni. Perché nessun albero resta in piedi per sempre. Perché anche quelli piú belli e piú forti, sotto le mani avide dell'uomo, rovinano a terra.

Non ce l'ho con te per essere caduta, non ce l'ho mai avuta con te per essertene andata. Non mi hai mai lasciato da sola, mi hai lasciato con una famiglia che avrebbe potuto darmi la stabilità e le certezze che tu non avevi. E lo sapevi, mamma. Sapevi che quello era giusto per me, che Antonietta mi voleva bene e io ne volevo a lei, che non avevi messo nessuna firma da nessuna parte per lasciarmi lí e quindi niente e nessuno ci avrebbe divise. Sapevi che saresti tornata quando saresti stata bene, quando avresti potuto offrirmi molto di piú di un abbraccio e di un peluche.

Quello che non capisco è perché non l'hai detto.

Lasciarmi lí, tra le braccia calde e amorevoli di Antonietta e la sicurezza di quel tetto costruito da Nando, è stata una richiesta d'aiuto per me, non per te. E quando sei andata via, quando non ti sei voltata, quando sei salita in auto con quell'uomo e poi su un treno per Firenze, avresti invece potuto chiedere aiuto per te. Dire cosa stava succedendo. Non lo hai fatto. Sei andata via e non lo hai fatto. Hai preferito non chiedere niente.

Se ti fosse passata per la testa l'idea di non portare avanti la gravidanza, anche per un minuto, io ti avrei perdonata. Se lo hai fatto, mamma, ti perdono. Perché la scelta era tua e di nessun altro, perché sul tuo corpo per troppo tempo non hai potuto prendere nessuna decisione. Hanno sempre scelto gli altri. Hanno sempre scelto come e dove toccarti, cosa dovessi indossare, se stavi mangiando troppo. Ti hanno detto, per anni, che il tuo corpo era sbagliato. E quando sei rimasta incinta ti hanno detto che dovevi abortire, che non potevi decidere nemmeno se tuo figlio dovesse venire al mondo o no.

Ma io sono qui. Sono felice di essere qui e di essere viva pur sapendo cosa ti è costato, pur conoscendo le sofferenze che sono venute con la mia nascita. So che quelle sofferenze non te le sei meritate e ti avrei capita se avessi voluto mollare tutto. Ma hai deciso che tu, alla tua prima figlia, non avresti rinunciato per niente al mondo anche se farmi nascere ti ha tolto la certezza di tenere al sicuro la tua famiglia in Nigeria, ti ha tolto la persona che speravi essere l'amore della tua vita, ti ha tolto per giorni il diritto al cibo perché Joy non voleva sfamarti se non lavoravi, ti ha tolto la dignità quando i tuoi clienti capivano che eri incinta, e, infine, ti ha tolto l'amore e la speranza negli altri. La tua vita non è stata piú la stessa da quando hai messo piede in Italia ed è cambiata ancora una volta quando sono nata io. E mi hai sempre detto fino allo sfinimento che sono la cosa piú bella che ti sia mai capitata e che senza di me nulla avrebbe senso.

E io ti credo, mamma, ti ho sempre creduta quando hai detto di amarmi. Quando ero piccola e Joy mi ha detto che mi avevi abbandonata, che ero rimasta senza una madre, io guardavo Antonietta e pensavo che si sbagliava perché la mia mamma era lí con me. Dormivamo nello stesso letto e Antonietta mi abbracciava, mi teneva stretta al petto e mi accarezzava i capelli. Non ho mai dormito senza una madre.

Mamma, quando sei andata via mi hai lasciata con una madre. E questo non lo dimenticherò, non importa quello che dicono gli altri. Io e te sappiamo che hai continuato ad amarmi anche quando ti sei accorta che amavo Antonietta piú di te. Perché il tuo sangue è il mio e se quando veniva fuori dalle ferite sulle ginocchia c'era Antonietta a pulirlo via, be', di questo nessuno ha colpa.

13.

Gladys, seduta in auto, tiene tra le mani una vecchia foto scattata da Maria in ospedale: la ritrae mentre stringe Sabrina al petto, avvolta in un lenzuolo bianco. Gladys sorride, è felice di abbracciare la creatura che ha appena messo al mondo, ma negli occhi si riconosce la consapevolezza che quella felicità sarebbe durata poco. Ora è dentro un'auto diretta a Firenze. È l'inizio di una presa di coscienza tutta nuova.

– Gladys? – L'uomo alla guida le si rivolge con dolcezza. – Hai capito cosa ho detto?

Lei non stava ascoltando. – Cosa?

– Ti ho chiesto se hai parlato con la tua amica, se le hai detto che siamo partiti.

Gladys annuisce. L'amica di cui parla si chiama Glory. – Sí.

– Cosa dice?

– Lei mi aspetta a casa, con suo marito.

– Dormi da lei?

– Sí, almeno per un po', – sospira, abbassando lo sguardo nuovamente sulla foto. – È difficile lasciare una figlia e scegliere la vita.

– Ma tu sei proprio sicura di Joy? Non è che si vendica?

Gladys sposta lo sguardo su quell'uomo, bianco come quelli che in genere aveva come clienti. Uno che ha sempre approfittato di lei, della sua situazione, del fatto che non le fosse permesso tirarsi indietro. Si dice innamorato e Gladys ha deciso di sfruttare la sua infatuazione.

– Se la famiglia di Antonietta non sa dove sono, Joy non può fare nulla. E alla mia famiglia a Lagos ho detto di nascondersi per qualche settimana. Ho mandato soldi –. Soldi che quello stesso uomo le ha dato, offrendosi di aiutarla in tutto. – Joy non sa dove vado. Loro hanno i soldi per nascondersi per un po', quando tutto sarà al posto giusto potranno vivere senza paura.

– E tu? Ora andiamo a Firenze, ma poi?

Gladys chiude gli occhi per un istante, beandosi dell'aria che arriva dal finestrino abbassato e le sfiora il viso stanco. – Io ho bisogno di trovare libertà. La madre del marito di Glory è molto vecchia, ha bisogno di aiuto, di qualcuno che le stia vicino. Paga bene, lavorerò con lei per un po'.

– Hai anche me, – le fa lui, stringendole una mano, ma Gladys non ricambia perché sa che di quell'uomo si scorderà presto persino il nome.

Il primo mese va cosí, Gladys si occupa dell'anziana madre di Roberto, marito della sua amica Glory. Le fa il bagno, le sta vicino quando serve, le sistema la camera. La donna è scorbutica e silenziosa, ma rispetto a ciò cui era abituata, vivere cosí è immensamente piú semplice. In futuro sogna di poter aprire un negozio di tessuti e prodotti provenienti dalla sua terra madre, dalla sua Nigeria. Nel frattempo vive con Glory, cerca la sua stabilità a Firenze, chiama i genitori ogni due giorni assicurandosi che nessuno li abbia trovati. Fino a quando, una sera, di ritorno da casa della signora Renata, sente nel petto un dolore acuto, indicibile: sente la mancanza di Sabrina. Ha sentito la sua mancanza ogni giorno dal momento in cui è andata via, ma quando quella sera vede passarle accanto una giovane donna con una carrozzina, il cuore le esplode e gli occhi le si riempiono di lacrime. Si ferma all'angolo di un caffè, in silenzio. Prende il cellulare che le ha regalato Roberto e, frugando tra le cose in borsa, trova un bigliettino con su scritti i numeri piú importanti. Non ha mai salvato quello di Antonietta perché la tentazione di chiamarla sarebbe stata troppo forte, e sapeva di aver bisogno di piú tempo per far calmare Joy.

Digita il numero e spera che Antonietta risponda, ma ai primi squilli riattacca. Gladys ci riprova, ancora e ancora.

– Sí? – Antonietta finalmente risponde.

Gladys, nell'udire quella voce, sente gli occhi pizzicare. – Antonietta?

C'è un lungo attimo di silenzio prima che arrivi una risposta. – Gladys? Sei tu?

Gladys sorride con le lacrime lungo le guance. – Ciao, sí. Sono io.

– Dio mio, Gladys! – Antonietta ha la voce spezzata. – Come stai? Stai bene, sí? Dove sei?

– Io sto bene, tranquilla, – le fa. – Mi dispiace tanto.

Gladys piange nel dover dire a quella donna, che per anni è stata come una sorella, quanto è stato difficile andare via cosí, di nascosto. Le spiega quanto fosse importante mantenere il segreto per proteggere sia lei sia la sua bambina. Antonietta è arrabbiata, furibonda, ma ascolta in silenzio tutto ciò che Gladys ha da dire, fino all'ultima parola.

– Vorrei tornare. Vorrei vedere Sabrina. Le manco?

Antonietta sospira. – Gladys… sí, – è incerta. – Le manchi. Come pensi di tornare? Joy è ancora qui.

– Torno a Napoli. Non vengo a Castel Volturno. Voglio solo vedere mia figlia, ti prego.

– Certo.

– Le porterò dei soldi. Vengo da lei e le porto dei soldi. Ho un amico che mi aiuta.

– Va bene.

– Ho solo bisogno di tempo.

– È importante che ci vediamo per l'iscrizione di Sabrina alle elementari. Pensi di farcela?

– Dove studia? Castel Volturno?

– Credo sia meglio portarla a Napoli, adesso.

– Va bene, – fa ancora Gladys. – Va bene Napoli.

– Ti va di parlarle? È appena entrata.

Gladys sorride e le si riempiono gli occhi di lacrime. – Sí.

– Sabrina... vieni qui... – Antonietta chiama la bambina, e in sottofondo dice qualcosa che Gladys non sente.

Un istante dopo: – Mamma?

– Amore mio, – piange Gladys. – Oh, my love.

Come promesso, Gladys torna a Napoli per iscrivere Sabrina alle elementari. Arrivata in stazione prende un autobus e in meno di venti minuti è a Secondigliano sotto casa di Anna e Salvatore, i genitori di Antonietta; di fronte al portone principale ci sono Sabrina, Antonietta e «zio» Lello ad aspettarla. Quando vede la bambina lascia andare a terra la borsa e si fionda ad abbracciarla, scivolando con le ginocchia contro il suolo e riempiendole il viso di baci. È cosí felice di poter stringere di nuovo a sé sua figlia che ignora quanto lei sia rigida.

– Come stai? – Le stringe il viso tra le mani. – Guarda che bella che sei.

– Bene.

Gladys continua a baciarla e abbracciarla. – I'm so happy now, – fa singhiozzando. – I love you.

– Ci sei mancata molto, Gladys, – dice Antonietta.

Gladys si rialza e si asciuga le lacrime con i polsi. – Anche voi. Grazie di tutto, Antonietta. Hai salvato me e la mia bambina.

Antonietta trasale nel sentire quel *mia*. Guarda la figlia che ha cresciuto e amato per anni e le accarezza la nuca, poi accenna un sorriso. – Non mi devi ringraziare.

– Noi siamo una famiglia, – dice Lello guardando entrambe. – Non lo devi mai dimenticare.

Gladys annuisce e tira su col naso, ancora emozionata. – Lo so.

– Saremo sempre qui per te, – le fa Antonietta.

Gladys continua ad annuire. – God bless you.

Lello stringe la mano di Sabrina, facendole cenno di seguirlo, ma non prima di aver afferrato da terra la borsa di Gladys. – Andiamo su, lasciamo le mamme parlare.

– Come va con Joy? – domanda Antonietta.

Gladys si stringe nelle spalle, insicura. – Le ho mandato dei soldi. Le ho mandato metà di quello che dovevo ancora pagarle, ma è una grossa cifra. Ho chiesto di smettere di cercare la mia famiglia, di lasciare stare loro in Nigeria e io le mando quello che manca.

– Tu sei proprio sicura di questo? Sei sicura che lei ti lascerà stare?

– Vogliono fare una denuncia.

Antonietta è sbigottita. – Chi?

– Stella e le altre ragazze. Vogliono denunciare Joy e Frank. Una ragazza, Ester, è rimasta incinta anche lei e Joy l'ha picchiata cosí forte che ha perso il bambino. Non voglio piú vedere quella donna.

– È un mostro, – la corregge Antonietta. – Non una donna –. Le si avvicina e le accarezza un braccio con la mano, delicatamente. – Mi dispiace molto per quella ragazza.

Gladys annuisce. – Sono felice che Sabrina sta bene.

Prego ogni giorno per lei. Io voglio restare a Firenze, ma voglio continuare a vederla.

Antonietta annuisce. – Vuoi portarla con te? – chiede con timore.

Entrambe si voltano verso Lello e Sabrina che le aspettano vicino agli ascensori.

– No, – risponde Gladys. – Adesso no. Non ho una casa mia, e lei qui sta bene. È felice. Lo so.

Antonietta ricomincia a respirare. – Andiamo, dài, che la nonna ti ha preparato i peperoni.

Gladys scoppia a ridere. – Mi sono mancati molto anche i peperoni di nonna Anna!

Passano altri due anni. Corso Secondigliano è una strada piena zeppa di negozi a una quindicina di minuti a piedi dalla casa dei genitori di Antonietta. C'è un negozio in particolare, all'angolo, che espone in vetrina meravigliosi profumi ed è lí che Antonietta compra il suo preferito: *patchouli*. Se lo fa impacchettare ed esce. Fuori c'è Gladys. Tiene in mano uno zainetto a forma di orsacchiotto. Antonietta le sorride, poi i suoi occhi si concentrano su Sabrina che, seduta sulla panchina, è intenta a mangiare una pizza fritta presa da *Aniello*, un chioschetto sotto casa di nonna Anna, vicino alla farmacia. Vende solo pizza fritta, Aniello, e Sabrina ne va pazza.

Ora Sabrina ha sette anni e sta per farne otto. È alta, dimostra piú degli anni che ha, non solo fisicamente, ma anche per il modo di esprimersi. È quieta, rispettosa, ubbidiente. Silenziosa. Anche quando va a comprare la pizza da Aniello, che la conosce da sempre, che la lascia persino giocare con l'impasto, ecco, anche in quel caso Sabrina si sente avvolgere da un imbarazzo caldo, spesso quanto una coperta di lana. Persino le trecce le porta lunghe per coprire il viso, le usa per nascondersi quando vuole sparire. Per quanto Antonietta provi a legargliele sulla nuca, durano poco. A fargliele, le trecce, ci pensa Gladys, quella è roba sua: usa una crema specifica per stirare l'afro, una crema che brucia da morire.

– Vuoi un po' d'acqua? – chiede Antonietta prendendo posto sulla panchina.

Sabrina scuote la testa e continua a mangiare.

Antonietta le sistema i tovaglioli tra le mani, fa attenzione che non le caschino e che non faccia un casino. Si accorge che Gladys osserva la scena senza dire nulla, rimuginando. – Tutto bene? – fa Antonietta.

Gladys annuisce e stringe al petto lo zainetto della bambina. – Vorrei portare Sabrina a Firenze con me.

– Che vuoi dire?

– Quello che ho detto. Che vorrei portare Sabrina a Firenze con me. Per l'estate.

Antonietta e Gladys non hanno mai ufficializzato in termini legali l'affido. Gladys non ha mai voluto. La presenza di Sabrina nella vita di Antonietta è sempre stata regolata da un accordo tacito, una stretta di mano, una fiducia reciproca. Negli occhi scuri di Antonietta, che affondano in quelli di Gladys, c'è una preghiera e quella preghiera dice: non portarmela via.

– Lei deve conoscere casa mia, – dice Gladys.

– Per quanto?

– Per poco. Ora che ha finito scuola, sale un po' con me a Firenze poi torniamo qua.

Antonietta sospira. Riporta lo sguardo sulla bambina che, come immaginava, ha iniziato ad ascoltare la conversazione anche se è rimasta in silenzio. Per un attimo la paura che Gladys le stesse chiedendo di portare via Sabrina per sempre, l'ha terrorizzata. Sa che non avrebbe potuto fare nulla per impedirglielo, ma avrebbe lottato per evitare che ciò accadesse.

– Hai sentito? – Antonietta passa una mano lungo la schiena della bambina. – Vacanze a Firenze con la tua *mommy*. Non è fantastico? Che ne dici?

Sabrina guarda una mamma, poi l'altra. Antonietta sa ciò che le sta passando per la testa. Ha imparato a leggerli quegli occhi, e quello è lo sguardo che fa prima di pensare a cosa dire per non far stare male Gladys. Antonietta le ha sempre detto che nei confronti di Gladys avrebbe dovuto fare degli sforzi, farle sentire che le vuole bene e Sabrina ha imparato a dimostrarsi affettuosa anche con lei, pur frequentandola poco. – Vieni anche tu? – chiede Sabrina.

Antonietta le sorride. – Be', non saprei, tesoro.

– Lei viene la prossima volta, – fa Gladys. – Tu ora vieni con me. Ci sono tanti bambini a Firenze come te.

– La prossima volta vengo anch'io, – le promette Antonietta. – È bella Firenze, ti divertirai un sacco.

Sabrina continua a guardare Antonietta.

– Torniamo prima che inizia la scuola, – dice Gladys.

– Ecco, sí. In tempo per comprare lo zaino, e il diario nuovo...

– Va bene, – fa Gladys. – Davvero, la prossima volta puoi salire anche tu.

Antonietta annuisce.

– Torniamo. Promesso.

Antonietta scrolla il capo. – Gladys...

Gladys le sfiora una spalla. – Voi siete la mia famiglia. Non farei mai questo a voi. Fidati di me.

Antonietta accenna un sorriso. – Certo, – dice. – Lo so.

Sabrina è in ascensore con zio Lello, stanno portando in auto le borse. Lo zio la guarda con dolcezza.

– Mucella, – la chiama. – Tutt'apposto?

– Non ci voglio andare... – dice Sabrina.

– Ma che dici? Passeranno in fretta 'ste settimane, stai serena. Ti divertirai un sacco.

– Perché non venite anche voi?

– Perché io devo lavorare e mamma deve stare con i nonni.

Sabrina sospira e annuisce.

– Ué, guarda che se non torni ti vengo a prendere io.

– Promesso?

– Promesso.

Sabrina sorride, gli stringe un dito. Si dirigono verso l'auto e qualche minuto dopo Antonietta e Gladys li raggiungono. Arrivano alla stazione che sono le undici. Gladys prende per mano Sabrina mentre Antonietta e Lello spingono le valigie della bambina. Le aiutano a sistemarsi. Sabrina si guarda intorno smarrita. Non è la prima volta che prende un treno, ma è la prima volta che ne prende uno che viaggerà tutta la notte e che la porterà lontana da casa. Ha paura, ma si aggrappa alle parole di zio Lello. Se qualcosa dovesse andare storto, lui andrà a prenderla.

– Chiama quando arrivate, va bene? – Antonietta stringe le mani intorno alle braccia di Gladys, e le guarda negli occhi con decisione. – Per qualsiasi cosa chiama.

Gladys annuisce.

– Fate buon viaggio, – le sussurra, prima di staccarsi dall'abbraccio.

Lello si china verso Sabrina e le stampa un bacio sulla guancia. – Ricordi cosa ti ho detto? – Glielo dice in un sussurro, lei annuisce e allunga una mano nella sua direzione mostrandogli il mignolo. Lo zio le sorride intenerito incrociando il suo dito. – Promesso.

All'esterno del treno che le porta a Firenze c'è solo il buio, infranto, di tanto in tanto, dai fari delle auto, dai lampioni delle strade di campagna e dalle luci nelle abitazioni. Non c'è molto su cui Sabrina possa posare lo sguardo. Le luci soffuse del vagone le dànno modo di specchiarsi nel vetro, cercare i propri lineamenti. Piú avvicina il viso, meno scorge il riflesso. Solo gli occhi bianchissimi risplendono.

Gladys si è addormentata da un'ora e di fronte a loro c'è una coppia anziana che sonnecchia. Per Sabrina non è mai stato facile addormentarsi. Ha sempre dormito poco, restando spesso sveglia a lungo, anche fino alle quattro del mattino o addirittura al sopraggiungere dell'alba. Il suo lato creativo raggiunge il picco durante le ore notturne e tutto ciò che immagina prende forma nei suoi disegni o trova spazio nella lettura dei libri che scova in giro per casa. Nonna Anna nell'appartamento di Napoli ha un'intera enciclopedia. Quando tutti dormono lei sgattaiola a prendere quei libri. Li sfoglia, li legge, impara parole nuove. Disegna sulle pagine bianche storie che le girano per la testa. Tutto ciò che la fa stare bene, leggere e disegnare, accade di notte. Il treno entra in una galleria e Sabrina, che ha lo sguardo fisso all'esterno, sobbalza. Gladys accanto a lei si sveglia, socchiude lentamente gli occhi. Li posa sulla bambina che è interamente rivolta verso il finestrino e, notando che è ancora sveglia, le mette una mano lungo la schiena.

Sabrina si gira verso la mamma. – Che c'è?

Gladys è risentita. – Non dire *che c'è*.

– Scusa, – sussurra Sabrina, prima di aggiungere. – *Ma'am*.

Gladys ha provato a insegnarle che quando parla con una donna adulta deve rivolgersi a lei con «ma'am» e quando invece è un uomo con «sir». Nulla di pretenzioso, solo una buona abitudine. Sabrina, però, spesso lo dimentica, perché essendo qualcosa che deve fare solo quando è con lei non le viene naturale.

– Perché non dormi?

Sabrina si rimette composta. – Non ho sonno.

– Dormi, – le fa Gladys. – È un lungo viaggio.

– Dove andate di bello? – È la signora seduta di fronte a loro a parlare, la voce bassa per non disturbare gli altri passeggeri addormentati.

Gladys non risponde, guarda la bambina lasciando che sia lei a prendere l'iniziativa.

Sabrina prova a farsi ancora piú piccola, chiudendosi nelle spalle, imbarazzata. – Firenze.

– Oh, che bello! – La signora le rivolge un grande sorriso. – Sei mai stata a Firenze, tesoro?

Lei scuote la testa di tutta risposta. – No, è la prima volta.

– Ti piacerà, Firenze è una bellissima città. Io ci vado ogni anno per far visita ai miei nipotini, sono piccoli proprio come te –. Quella donna, stretta nel suo cardigan viola, con i capelli biondi e dei ciuffi bianchi, ispira alla bambina fiducia e tranquillità. – Sei con la tua mamma?

Sabrina annuisce. – Sí. Prima eravamo a Napoli, dalla mia altra famiglia.

La signora inclina il viso di lato, confusa. – Altra famiglia?

– Sí, io sono adottata. Ho due mamme.

– Oh –. La signora è sorpresa, ma non aggiunge altro, non fa domande.

Gladys spalanca gli occhi e interviene all'istante. – No, non dire cosí.

Sabrina la guarda, confusa. – Perché?

– Tu non sei adottata. Non dirlo mai piú. È vero che hai due mamme, ma non sei una bambina adottata. È diverso, capisci?

– Io ho sempre detto che sono adottata, – insiste Sabrina che non comprende il gioco dei significati nascosti in quelle parole. Quando va in giro con Antonietta, le persone che incontrano dànno per scontato che lei sia adottata. Quella parola suona come tante altre: un modo buono per descrivere la sua situazione.

– Non devi piú dirlo, capito? – insiste Gladys. – Non devi piú dire che sei adottata.

– Ma è vero, – ribatte Sabrina.

– Shut up! – le dice la madre. – Ora dormi.

Sabrina sprofonda nel silenzio. La donna di fronte a loro non aggiunge altro, si volta e cerca nel buio del mondo oltre il finestrino qualcosa a cui agganciare il pensiero.

La prima cosa che Sabrina nota a Firenze è che ha un odore tutto suo, qualcosa che punge il naso ma che non dà fastidio. Non è un brutto odore, è solo forte e diverso, come se tutti usassero lo stesso bagnoschiuma. La fa sentire totalmente fuori luogo. Alla stazione trovano ad accoglierle una donna nera, Glory, e un uomo bianco, Roberto. Glory è una donna bellissima, molto alta e con un sorriso pieno di denti perfetti, indossa abiti dai colori sgargianti e un paio di occhiali da vista scuri.

– *Napoli*, bentornata! – Roberto dà una pacca amichevole sulla spalla di Gladys.

– Napoli? – Sabrina guarda la mamma, confusa.

– Lui mi chiama sempre cosí.

– Perché?

– Perché vado e torno da Napoli, – risponde Gladys, facendo spallucce. – Go and greet sister Glory.

Glory si avvicina a Sabrina e la bambina pensa subito che un sorriso cosí grande e continuo non l'ha mai visto prima. Si china e la stringe forte. Anche Glory ha quel profumo fiorentino, quell'odore nuovo. Sabrina cerca di ricambiare l'abbraccio, rischiando di perdere lo zaino peluche che tiene appeso al braccio.

– Good morning, – dice Sabrina in un inglese zoppicante.

– My baby! My love! – Glory la stringe forte e le riempie il viso di baci. – Come sei bella! Bellissima!

– Grazie.

– Quanta roba ti sei portata dietro, Napoli? – si lamenta Roberto, trascinando le due grandi valigie.

– Andiamo, Roberto! Sei uomo, no? Be strong!

Glory e Gladys ridacchiano mentre si dirigono verso il taxi di Roberto.

– Are you hungry? – Gladys si rivolge alla propria bambina, ma quando non sente risposta si ripete. – Vuoi mangiare qualcosa, my love?

Sabrina annuisce. – Sí.

Glory torna a sorridere e a guardare Sabrina. – Let me buy my babygirl some breakfast!

Gladys sorride all'amica. – Thank you, Glory.

– Ah! – Glory la guarda con un ghigno divertito. – Thank for what? Finalmente, eh! Finalmente porti qui la mia bimba Sabrina, – si rivolge alla piccola. – Tua mamma parla sempre di te, lo sai? Io e tua mamma eravamo amiche in Nigeria, – le dice. – Io sono in Italia da prima che arrivasse lei e quando ho saputo che era qui... oh, Jesus! – Il sorriso di Glory, per quanto possibile, si espande ancora. – I must had to see her! My best friend! – conclude, prima di abbracciare Gladys e stringerla forte, facendola quasi inciampare. Entrambe scoppiano in una sonora risata. – Arriva a Firenze da me qualche anno fa e mi dice che ha una figlia. Una figlia! Sabrina!

Sabrina è felice di vederle cosí affiatate. Le è capitato

raramente di vedere sua madre a proprio agio con qualcuno che non fosse Antonietta, o Maria, e pian piano tutto il peso di quella nuova città e quei nuovi volti la comprime di meno.

– Lui è mio marito Roberto, – continua Glory, facendo cenno all'uomo che si appresta a posare all'interno di un taxi le valigie di Sabrina e Gladys. – È un tassista.

– La macchina è sua?

Glory annuisce, aprendo la portiera alla bambina. – Sí, tutta sua. Ti piace?

La bambina prende posto. – Molto!

Glory le sorride e chiude la portiera prima di entrare dall'altra parte e lasciare che Gladys prenda posto accanto a Roberto. Roberto continua a chiamare Gladys *Napoli* e questo fa ridere Sabrina. Pensa sia strano che qualcuno usi il nome di una città per riferirsi a una persona. Glory, invece, la chiama *Roma*. Si fermano a fare colazione in un bar vicino a una basilica e Sabrina rimane a bocca aperta alla vista di uno spazio cosí grande. Ciò che continua a sorprenderla è che rispetto a Napoli c'è poca gente. Quando passeggia per Napoli fatica a muoversi tra i corpi delle persone che vanno in tutte le direzioni. Però quei profumi, quelli di Napoli, l'odore del mare e del cibo, le mancano e non riesce a non pensarci.

– Tu abiti qui? – chiede Sabrina a Gladys stringendo il suo bicchiere di latte caldo.

Gladys scuote la testa addentando un cornetto al cioccolato. – Il mio appartamento è nella parte sud della città.

– È lontano?

– Non molto, – risponde Roberto. – Poi ci andiamo con la mia macchina. Io sono veloce.

Sabrina continua a sorseggiare il latte caldo e ad annuire.

– Are you two not going to church? – chiede Glory.

Gladys sembra risvegliarsi da un sogno, strabuzza gli occhi e controlla l'orologio. – It's sunday!

Glory agita la testa e accenna un sorriso divertito, le dà una forte pacca sulla spalla. – Napoli!

Roberto le osserva, disorientato. – Dovete andare in chiesa? Ora?

Gladys controlla l'orologio mentre continua a mangiare il cornetto. – Alle dieci.

– Ma non siete stanche per il viaggio? – Roberto guarda Sabrina, che non sa cosa risponde.

Anche Gladys studia la figlia riflettendo sul da farsi. – No, – dice. – Bisogna andare in chiesa.

Glory sembra contraria, ma conosce la sua amica e sa quanto è importante per lei portarci Sabrina cosí da presentarla alla comunità. – Tu vai in chiesa a Napoli? – chiede Glory.

Sabrina guarda prima Gladys, poi Glory. – Sí...

Gladys ridacchia sottovoce. – You wish...

Glory corruccia la fronte. – No?

– A volte con mamma la domenica, – aggiunge Sabrina, timidamente.

– Mamma? – Roberto le guarda entrambe. – Antonietta, giusto?

– Sí, Antonietta, – conferma Gladys. – Andiamo adesso, cosí passiamo prima da casa –. Infila la mano nella borsa, ma Glory le afferra il polso. – It's on me!

– Glory! – Gladys prova a ribattere, ma l'amica non sente ragioni.

– Sabrina finalmente è venuta a trovare sua zia Glory! Adesso è la mia principessa, faccio tutto io per lei, – continua guardando la bambina ancora seduta. – Tutto quello che vuoi, tu vieni da me, va bene? Don't mind you mother!

Quando arrivano, Sabrina scende dall'auto e nota che la palazzina in cui abita Gladys è alta solo quattro piani, non dodici come quella di Napoli. Non c'è nemmeno l'ascensore. È un appartamento piccolo, poco arredato, ma profuma di pulito. A sinistra c'è la porta della cucina che fa anche da soggiorno: ha un divano ma manca la televisione. In fondo c'è un bagno con la vasca. Sabrina va in giro a esplorare casa facendo attenzione a non toccare nulla. Sente squillare un cellulare. Gladys lo estrae dalla borsa, guarda chi è e lo ributta dentro senza rispondere. Sabrina si avvicina a una porta e Gladys dice di non entrare. – Don't go there!

Sabrina trasale e si blocca.

– Quella non è camera nostra.

– No?

– No, tesoro, – interviene Glory. – Quella è la camera di Tina.

– Chi è Tina?

– È una ragazza che abita con me, – dice Gladys. – Questa è camera mia. Qui dormiamo noi.

La camera della mamma è piccola, c'è un armadio grigio, un letto matrimoniale coperto da delle lenzuola con una fantasia floreale, e alle pareti foto che ritraggono lei e Sabrina, o delle amiche. Accanto all'armadio c'è uno specchio, vecchie borse sotto la finestra, una lampada vicino al letto. Non c'è molto, l'essenziale.

– Possiamo dormire? – Sabrina lo chiede indicando il letto.

Gladys scuote la testa, accarezzandola. – My love, dobbiamo andare in chiesa. Quando torniamo possiamo riposare.

– Posso andare in bagno?

– Certo –. Il cellulare squilla di nuovo, questa volta Gladys lo porta all'orecchio e risponde. – Buongiorno, – saluta, abbozzando un sorriso. – Sí, siamo a casa.

Sabrina va in bagno. Quando torna Gladys chiude la

telefonata dicendo a qualcuno: – Va bene, amore, va bene –. Infila il telefono nella borsa. Alza lo sguardo verso Sabrina e le fa un sorriso. – Ora andiamo in chiesa, dài –. Attraverso la finestra si sente la voce di Roberto che dice: – Forza, forza! – È impaziente di ripartire. Deve lavorare.

In auto, Glory chiede a Gladys. – Is still him?

Gladys guarda prima Sabrina e poi Glory, facendole cenno di non parlare in presenza della bambina.

Sabrina, per un attimo, aveva sperato fosse Antonietta. Vorrebbe dire a Gladys che deve chiamarla per dirle che sono arrivate, in modo che non si preoccupi, ma non vuole darle l'idea che stia già pensando a casa. Rimane ancora una volta in silenzio. È quella, la vera casa di Sabrina, la sua armatura: il silenzio.

La chiesa che frequenta Gladys è diversa da quella di Napoli. È una chiesa pentecostale. Sabrina deve archiviare l'immagine di edificio sacro e silenzioso a cui è stata abituata. La celebrazione si tiene dietro una fabbrica di tessuti che appartiene a degli imprenditori cinesi: di fatto, è un grande magazzino alla fine di una lunga strada isolata. All'esterno sono parcheggiate diverse auto e intorno non c'è quasi nulla. La fermata d'autobus piú vicina dista venti minuti a piedi. Quando Sabrina scende dal taxi non sa cosa aspettarsi, ma la prima cosa che vede è un bambino seduto nell'auto parcheggiata accanto alla loro. Si guardano. È un bimbo nero proprio come lei. Poi ne vede un altro correre nel parcheggio e altri ancora entrare nel magazzino ed ecco che improvvisamente Sabrina pensa che in fondo potrebbe trovarsi bene lí, insieme a quei bambini. Quello seduto nella macchina accanto ha anche un'espressione amichevole. Glory apre la portiera, Sabrina ha ancora gli occhi fissi sul bambino, che ricambia lo sguardo. Sembra avere piú o meno la sua stessa età.

– Ci vediamo piú tardi, tesoro? – Roberto scende dall'auto per salutare Glory con un veloce bacio sulle labbra. – Ciao *piccola Napoli*, – aggiunge rivolgendosi a Sabrina.

– Ciao! – Sabrina ricambia il saluto.

Quando Roberto va via, Gladys prende per mano Sabrina e si incamminano verso l'ingresso della chiesa. Gladys sorride mentre si avvicina alla porta, Sabrina invece continua a voltarsi e a chiedersi se quel bambino la raggiungerà.

14.

Ricordo che a Firenze, in chiesa, ho subito capito che il mio primo limite era la lingua. Le tue amiche ti rimproveravano che io non sapessi parlare bene l'inglese, che riuscivo a malapena a salutare mentre tutti i loro figli parlavano in maniera fluida l'italiano, l'inglese e anche la lingua del Paese d'origine dei genitori. Tu eri imbarazzata, te lo si leggeva in faccia. Continuavi a scusarti, a dire che ero semplicemente timida ma che qualcosa la capivo. Le tue amiche sapevano che io e te non abitavamo insieme, che io vivevo con una famiglia bianca e nessuno aveva mai pensato di insegnarmi l'inglese, eppure non smettevano di sottolineare le differenze tra me e i loro figli.

Io invece ero stordita dalla felicità di trovarmi per la prima volta in mezzo a tanti bambini e bambine cosí fisicamente, esteticamente simili all'immagine che vedevo riflessa in ogni specchio. Guardavo loro e per la prima volta vedevo me stessa. Io ero cosí, ero fatta cosí: e non c'era niente di strano.

Era la prima volta che mi portavi con te. È stato intenso. Quelle persone erano la tua altra famiglia. Molte di loro erano nigeriane, conoscevano la tua storia e la tua sofferenza. Era importante che in questo nuovo capitolo ci fossi anch'io, e quella presentazione, introdurmi nel tuo mondo e far vedere che avevi una figlia e che eri felice e che potevi essere alla loro altezza, per te era diventata un'ossessione. Forse speravi di poterlo nascondere, non lo so, ma era lampante. Hai passato tutto il tempo a fare foto e se c'era una cosa che una bambina timida come me odiava, mamma, erano le foto. Quanto avrei voluto dirti che quella macchinetta con cui immortalavi ogni momento mi metteva addosso tanto disagio.

Ce ne sono due, due foto intendo, che porto come macchie nere sul cuore, come prova dell'immagine che volevi dare di me.

La prima risale a quando avevo sette anni, ed eravamo nella cucina di nonna a Secondigliano. Tu volevi fotografarmi dopo avermi fatto le trecce. Mi chiedesti di sorridere. – Smile, baby, smile, – hai detto sorridendo a tua volta. Eri dietro la macchina fotografica, io in piedi di fronte alla televisione. Feci un sorriso enorme, sforzato, ma cercavo di renderlo il piú vero possibile. Tu mi hai guardata e hai notato il buco tra gli incisivi. Hai detto: – No, chiudi la bocca quando sorridi –. Quel buco non ti piaceva. Il mio sorriso non era abbastanza fotogenico. E da quel momento, nelle foto, non ho sorriso piú.

Anni dopo ricordo di aver visto una mia foto da adolescente sul tuo profilo Facebook. Ero io, ma non ero io, perché avevi utilizzato una di quelle applicazioni che snelliscono il volto, schiariscono la pelle. Ti piaceva mostrarmi piú magra, piú chiara, piú bella. Un ideale di bellezza che andava bene per te, non per me. Perché era quella che volevi che fosse tua figlia, non io.

Come per la questione del ballo. Nella tua chiesa si ballava. Per me era tutto nuovo e tutto strano. Restavo immobile. Saresti riuscita a immaginarti una bambina che a malapena parlava mettersi lí in mezzo a ballare e cantare? Gli altri bambini invece lo facevano, ballavano e cantavano insieme alle loro madri e ai loro padri. I colori che circondavano la gioia di quelle persone, riflessi su di noi erano solo un'illusione. Una volta me lo hai detto, addirittura. Eravamo nel tuo soggiorno e guardavamo dei video di bambini che danzavano, bambini neri intenti a ballare e cantare canzoni tradizionali dei loro Paesi d'origine. Tu li adoravi, ti strappavano sempre un sorriso. Io ero seduta accanto a te e guardavo quei video anche se non c'era nessuno in quella stanza che si muoveva al ritmo della musica. C'eravamo solo io e te. Ti sei girata verso di me e delusa mi hai detto: – Perché non sei cosí anche tu? Perché non balli, non canti? Tu non fai nulla.

E delle mie paure non ti ho parlato mai, dei momenti in cui avrei voluto nascondermi sotto le coperte con un quaderno e delle matite invece di passare intere domeniche con bambini che mi guardavano e mi facevano notare quanto fossi estranea anche lí. – Io non ti ho mai vista. Perché non sei mai con tua mamma? – È stata la prima cosa che mi ha chiesto un bambino quando mi hai lasciata da sola in mezzo a loro a Firenze.

Non sapevo come sentirmi, non ero mai stata circondata da bambini neri come me. Non cosí tanti e non tutti insieme. L'idea inizialmente mi eccitava, pensavo che non mi sarei piú sentita quella diversa, invece ho scoperto che non bastava nemmeno quello. Avevi detto che non dovevo dire di essere adottata, e allora le parole hanno iniziato a mancarmi. Non le avevo le parole giuste e tu non me le hai mai date. Sapevo che, qualsiasi cosa facessi, non sarei stata abbastanza per te. Tu non me l'hai mai detto, ma io ho sempre capito quanto ti dispiacesse che non fossimo una famiglia come le altre. E la notte piangevi quando pensavi che mi fossi già addormentata, dopo che avevamo pregato insieme ma tu continuavi per conto tuo a chiedere al Signore cosa c'era che non andava in tutto questo.

Quant'è lungo il fiume di differenze che ci divide, madre. Tu credente mi portavi in chiesa ogni domenica mattina quando venivo in Toscana a trovarti. Ci sedevamo vicine, perché avevi capito che con quelli della mia età non riuscivo a starci. Sono sempre stata una persona curiosa, pronta ad apprendere, imparare e capire. E nonostante faticassi a tenere il punto in una lingua che non conoscevo bene, quelle domeniche mattina in chiesa per me erano una prova. Cercavo di capire e tu mi aiutavi traducendo quello che diceva il pastore, o passandomi la Bibbia in italiano mentre tu leggevi quella in inglese. Tu credevi in Dio sopra ogni cosa, io sono diventata agnostica.

Dirtelo ora, che nel tuo Dio non credo nello stesso modo in cui ci credi tu, mi fa sentire una traditrice.

15.

– In Africa? – Antonietta si volta di scatto, lasciando cadere i piatti nel lavello, un suono cosí sgradevole e violento che lei stessa chiude gli occhi e li riapre dopo una manciata di secondi per assicurarsi che nulla sia rotto. Si allontana dal lavello e passando le mani umide lungo i jeans chiari, presta tutta la sua attenzione a Gladys che siede al tavolo della cucina. – Vuoi portare Sabrina in Africa?

Gladys le fa cenno di abbassare la voce. Antonietta si guarda intorno. Si trovano nella cucina dei nonni, a Secondigliano. Loro sono in stanza da letto a riposare. Sabrina in camera sua a leggere.

– Gladys, cosa stai dicendo?

Gladys, seduta al tavolo da sola, abbassa le spalle e cèrca le parole migliori per farsi avanti. – Voglio che conosce la sua famiglia, la sua vera famiglia nigeriana.

Antonietta si porta una mano al petto, poi lungo il collo e il suo palmo freddo contro la pelle cocente le dà un sollievo minimo. Inspira dal naso e la guarda, attentamente. Sa che Gladys, da quando ha lasciato Joy e Castel Volturno, mette da parte i soldi per tornare una volta all'anno a Lagos e sa anche che l'anno prima ha rinunciato, ma non aveva capito che lo avesse fatto per risparmiare abbastanza anche per il biglietto di Sabrina.

– Se prendo i biglietti adesso per tutte e due risparmio un sacco. Solo poche settimane. Mia mamma vuole conoscere Sabrina, è giusto cosí. Facciamo lí il suo compleanno poi torniamo per la scuola.

– Gladys, ascolta...

– Antonietta, lei deve conoscere la sua famiglia.

– Lo so.

– Allora lascia che viene con me. Stai tranquilla –. Le va incontro e le appoggia una mano sulla spalla, sul collo, accarezzandola. – Torniamo anche questa volta. Voglio solo passare del tempo con mia figlia insieme ai miei genitori. I suoi nonni. Come i nonni che sono di là, – e indica il muro con il mento.

– Guarda che per lei è difficile cosí, tutto insieme. Prima Firenze, poi la Nigeria. Non pensi a questo?

– È una bambina intelligente. Capisce che va tutto bene e che deve conoscere la sua famiglia.

Antonietta vorrebbe dirle che Sabrina una famiglia ce l'ha, l'unica famiglia che abbia mai avuto, e a cui sia abituata, e che anche se sa di avere un'altra famiglia in Africa per lei quello è un mondo lontanissimo, di cui sa poco o niente. L'immagine di Sabrina che viene mandata in un altro Paese, che prende un aereo per la prima volta, l'idea che la stessa bambina che a malapena parla con lei si ritrovi in un luogo in cui nessuno capisce ciò che dice, la sconvolge. – Tu starai sempre con lei?

– Tutto il tempo –. Nella voce di Gladys c'è tensione e sul suo viso passa come un'ombra. – Antonietta, io non ti sto chiedendo il permesso. È chiaro questo. Ti sto solo dicendo cosa faremo.

Antonietta si irrigidisce. – Io...

– Non pensare che sto chiedendo permesso per portare mia figlia in Nigeria.

Antonietta, di fronte a quelle parole lanciate con astio, corruga la fronte, come se si stesse rendendo conto che di fronte ha l'altra madre di sua figlia e che quando c'è da prendere una decisione non è l'unica ad avere voce in capitolo. Non piú. – Perché fai cosí adesso?

– Perché Sabrina è mia figlia.

– Gladys, Sabrina è anche *mia* figlia, – ribatte Antonietta, rendendosi conto che è la prima volta che lo dice ad alta voce. Due madri, diverse come poche al mondo, legate da piú di quanto possano immaginare.

Gladys potrebbe dare di matto, controbattere e arrabbiarsi, eppure resta zitta e si lascia penetrare da quella frase, da quella verità. Non dice una parola e Antonietta di quel silenzio ne fa tesoro, ogni secondo che passa. Un silenzio che significa consenso, che significa prendere parte alla realtà dei fatti.

– Ti prometto che va bene, – le garantisce Gladys. – Sabrina starà bene.

Antonietta immerge le mani nel lavello. Il suo riflesso nell'acqua si frantuma, si scompone in quello di una donna dai capelli incollati alla fronte e le rughe sotto gli occhi stanchi.

16.

Quando abbiamo preso l'aereo per la prima volta io non ho avuto paura nemmeno per un istante. Mi hai raccontato che tu, invece, la prima volta che hai dovuto prendere un aereo eri terrorizzata, hai pianto tutto il tempo ed eri molto piú grande di me. Io, invece, no. Seduta accanto al finestrino ho guardato il terreno sotto di noi fuggire e allontanarsi sempre di piú.

Avevo otto anni. Non sapevo quanto fosse lontana la Nigeria e mi ero fatta un'idea vaga del fatto che l'Africa fosse a sud dell'Italia. Per quanto Antonietta avesse provato a spiegarmi la differenza tra continenti e nazioni, per me quelle ore in aereo valevano le stesse di quelle impiegate per arrivare a Firenze. Sai quando ho capito che sarei andata molto lontana da casa? Quando mi sono resa conto che in aereo erano tutti neri, come noi. Erano le prime volte che vedevo tutte quelle persone come me, uguali a te. Pensavo fosse una cosa bellissima e te l'ho detto e tu mi hai guardata felice che io mi sentissi a mio agio in mezzo a loro, che stessi scoprendo la parte piú vera e naturale di me. Hai pensato che fosse l'inizio della rinascita: la scoperta della mia identità, delle mie radici. Eri contenta perché mi stavi accompagnando attraverso dei cambiamenti. Ero lí che nascevo e crescevo con te, insieme alla nostra gente, ancora una volta. E ti bastava guardarmi per leggere la mia felicità. L'emozione, mamma. Capivo che era un posto nuovo e l'emozione era davvero tanta. Lo era anche la paura, certo. Temevo che lí dove il problema non sarebbe piú stato la pelle, ne avrei trovati altri.

Siamo uscite dall'aeroporto di Lagos che era notte. Mi hai stretto la mano per non perdermi. Mi girava la testa per tutte quelle nuove esperienze, mi muovevo al rallentatore come se stessi guardando un film la cui protagonista non ero esattamente io, ma una bambina molto simile a me. Mi sono affidata alla tua mano, mentre tu, invece, tu eri su di giri e si vedeva, traspariva da ogni movimento: stavi tornando a casa, nel tuo Paese, e questa volta, per la prima volta, stavi tornando con tua figlia. Ero la prima nipote di nonna Felicia. La maggiore, la piú grande, l'unica nata in Italia. Tutti erano elettrizzati all'idea di potermi incontrare.

– Sabrina!

Quando ci hanno viste, tua sorella Jessica e i tuoi genitori hanno urlato e si sono sbracciati. Io non sapevo chi erano, non mi sono mossa. Tu mi hai lasciato la mano e mi hai spinta verso di loro. Jessica era la piú piccola delle tue sorelle, aveva vent'anni. Era anche la piú bassa della famiglia e per questo la prendevate in giro, ma io non appena l'ho guardata ho visto parte della donna che sarei voluta diventare: forte, coraggiosa, occhi che sprizzavano intelligenza. Nonno Osariemen aveva la carnagione piú scura di tutti, ma tu continuavi a dire che mi somigliava un sacco perché eravamo gli unici in famiglia che sorridendo creavamo delle fossette agli angoli della bocca. Quando l'ho notato mi si è stretto il cuore: era la prima volta che mi riconoscevo in qualcuno che non eri tu. Ho pensato subito a nonno Salvatore. Ho pensato che per quanto amore ci unisse, nei suoi occhi azzurri io non mi ci ero mai specchiata, nonostante l'abbia desiderato con tutta me stessa.

Ho capito subito che quella era la mia famiglia, e loro mi hanno abbracciata e stretta come se fossi tornata a casa da un lungo viaggio. *Ero finalmente lí* – ecco cosa dicevano i loro occhi.

Siamo entrati in macchina. Dietro c'eravamo io, tu e Jessica. Nonno Osariemen era alla guida e accanto a lui nonna Felicia, che non smetteva di voltarsi per guardarmi. Parlavate in edo e non capivo nulla, già per me era difficile l'inglese, in edo sembrava tutto ancora piú strano. Non la finivo di osservarvi e di studiarvi e di ascoltare le vostre risate, memorizzare le vostre voci. Tu non smettevi di sorridere. Non ricordo di averti mai vista cosí felice. Nonno Osariemen ha detto qualcosa e ricordo di aver capito il mio nome. Ti ho guardata in cerca di aiuto.

– Ha chiesto se ti piace la sua auto, – hai detto. – È un autista, nonno.

La macchina era molto diversa da quelle a cui ero abituata. Era pulita e spaziosa. – È autista come il marito di zia Glory?

Tu hai annuito. – Sí, bravissima –. Poi hai tradotto la mia risposta ai tuoi familiari.

Ho guardato fuori dal finestrino. Mi avevi sempre detto quanto Lagos fosse piena zeppa di persone, e che mi ci sarei trovata bene perché mi avrebbe ricordato Napoli, ma per strada non vedevo nessuno e allora ti ho chiesto perché.

– Curfew, – hai risposto.

– Cosa?

Hai cercato di ricordare il termine italiano, ma non ti è venuto in mente. Hai detto: – Sono tutti a casa. È notte. È tardi.

Non sapevo che ora fosse ma ero abbastanza sicura che non fosse cosí tardi. Eppure quella tranquillità mi è piaciuta perché mi dava modo di abituarmi a quei luoghi un po' alla volta. In fondo non c'era fretta, io e te saremmo rimaste lí per settimane. Jessica mi ha guardata e mi ha chiesto qualcosa. Io ti ho guardata di nuovo in cerca di aiuto.

– Ha chiesto se sei contenta di essere venuta qui, – hai detto.

Mi sono concentrata sugli occhi di Jessica e sul sorriso di nonno Osariemen e ho risposto: – Yes.

17.

Il viaggio dall'aeroporto internazionale di Ikeja alla casa dei nonni dura quasi un'ora. Le strade sono vuote a causa del coprifuoco: di notte Lagos diventa un luogo pericoloso. Gladys si accorge dello sguardo curioso della figlia e si emoziona per quegli occhi bambini che per la prima volta si posano sul luogo dove tutto è iniziato.

Arrivati di fronte all'abitazione della famiglia Osariemen, Jessica aiuta Sabrina a scendere dall'auto. Le offre la mano e Sabrina le si affida mentre la madre e il nonno recuperano le valigie. Nota quanto sia diversa da quella di Gladys: il palmo è duro e le unghie cortissime. Gladys ha sempre unghie molto lunghe dai colori sgargianti. Si trovano di fronte a un enorme complesso di edifici bassi, un agglomerato talmente grande che si fa fatica a capire dove inizi e dove finisca. Raggiungono una tavola di legno che permette loro di passare sopra un ruscello d'acqua scura profondo poco meno di un metro. Jessica aiuta Sabrina ad attraversare. Dall'altra parte c'è un cancello marrone e oltre il cancello diverse abitazioni che condividono lo stesso cortile. Jessica e Sabrina si fermano ad aspettare i nonni e la madre.

Entrano. Il corridoio è quasi completamente buio, illuminato da una luce posta sotto l'arco d'ingresso.

Gladys chiede a Sabrina: – Are you okay?

Lei la guarda confusa.

– Tutto bene?

Sabrina annuisce in silenzio. Nonno Osariemen spalanca la porta di una camera: è ampia, con una finestra sul muro opposto alla porta, un letto matrimoniale a sinistra e delle poltrone a destra. Su un comò di legno scuro sono accumulati oggetti personali: delle foto, un paio di tazze, una decina di vecchi libri e qualche vestito. Nonna Felicia appoggia le mani sulle spalle di Sabrina, l'espressione attraversata da un sorriso che non riesce a mandare via, la pelle del viso consumata dal tempo e dalle creme schiarenti. I capelli sono aggrovigliati in trecce corte legate in una coda alta e disordinata, indossa lunghe gonne che le avvolgono le gambe stanche. Per nonna Felicia camminare è penoso e uscire di casa per andare fino all'aeroporto è stata una faticaccia, ma non si sarebbe persa l'arrivo di Gladys e Sabrina per niente al mondo.

– Questa è la nostra camera? – chiede Sabrina.

– What did she say? – chiede nonna Felicia.

– She asked if this is our room, – dice Gladys.

– Of course! – esclama nonno Osariemen.

Sabrina intuisce che si tratta di un sí e s'avvicina al letto sfiorando le coperte bordeaux con la punta delle dita. Nonna Felicia continua a chiedere a Gladys se a Sabrina piaccia la stanza, se sta bene, se ha bisogno di qualcosa. Gladys, non potendo tradurre ogni volta ciò che la mamma chiede, continua a rassicurarla che la bambina sta bene e adesso non ha bisogno di nulla se non di riposo. Passa una manciata di minuti prima che la porta della camera si apra di nuovo. Gladys è seduta su una poltrona con la propria borsa tra le mani, attenta a sistemare il passaporto e gli altri documenti che avrebbe affidato a Jessica fino alla partenza, quando sulla soglia appaiono Bright ed Elvis, due dei suoi fratelli maschi. Gladys si alza di scatto e corre ad abbracciarli.

– Mama! Welcome back! – le urlano all'unisono, stringendola di rimando.

Gladys ha le lacrime agli occhi. I due fratelli minori sono commossi quanto lei e mentre l'abbracciano sbirciano Sabrina e le sorridono con gli occhi. Bright ha la carnagione scura come il padre, le labbra carnose e gli occhi piccoli ma pieni di energia. Si guarda intorno di continuo, parla tantissimo e ride, e Sabrina guarda quella bocca enorme e quei denti grandi che dànno l'impressione di poterla divorare con un morso. Pensa subito che Bright le piace perché, quando parla, tutti quelli intorno ridono, e anche se non capisce, ride anche lei. Le piace il modo in cui pronuncia il suo nome, allungando la *i* – *Sabriiina*.

Elvis invece è l'opposto, è un ragazzo dai modi delicati, è timido e silenzioso, parla solo quando gli viene rivolta la parola. È piú grande di Bright di un paio d'anni, ma ha un viso morbido e dolce che lo fa sembrare il piú piccolo di tutti.

– *Oya, oya!* – Gladys batte le mani una contro l'altra per catturare l'attenzione dei fratelli. – She needs to sleep! – dice riferendosi a Sabrina. – Go, go!

Tutti le dànno la buonanotte prima di uscire dalla camera insieme a nonno Osariemen.

– Good night, my love, – la saluta nonna Felicia, uscendo e chiudendo la porta.

Jessica invece rimane, dorme nel letto con loro: Sabrina al centro. Gladys e Jessica parlano per un po', ma quello che si dicono per Sabrina è un mistero.

– How is she doing so far? – le domanda Jessica, cercando di tenere un tono di voce basso.

– I hope she's doing fine.

– You hope?

– When we arrived she seemed strange...

– Strange?
– I think she already miss her italian family.
Jessica è stesa sulla schiena, gli occhi scuri fissi al soffitto. – I think it's okay, everything it's new for her. You should give her a little space and more time. She has never been this far from Naples before, *abi*?
– No.
– Then give her time, mama.

La mattina dopo Sabrina si sveglia sentendo qualcuno che le tocca il viso. Apre gli occhi e vede che accanto a lei c'è una bimba di un paio d'anni che la scruta con curiosità.
– Redeem! Let Sabrina sleep, – la riprende un'altra donna, Mercy. Mercy è una delle sorelle di Gladys, terza tra i fratelli in ordine di età. È la mamma di Redeem, l'unica cugina di Sabrina, di sei anni piú piccola. Mercy prende in braccio la figlia, ma quando si accorge che Sabrina è sveglia, le sorride. – Good morning, darling.
Sabrina si mette seduta e si lascia andare a un lungo sbadiglio, mettendo a fuoco pian piano tutti quelli intorno a lei. È a Lagos. Si è svegliata a Lagos per la prima volta in vita sua. A ricordarglielo è quella stanza che non le appartiene, piena di gente che non conosce. Mercy è in piedi con Redeem tra le braccia. Jessica e Bright che mangiano *rice and stew* seduti sul pavimento. Jessica si alza col piatto tra le mani e si siede accanto alla nipote, prende una cucchiaiata di riso bianco e mima di portarselo alla bocca. – Are you hungry?
Sabrina non capisce e d'impulso inizia disperatamente a cercare la madre con lo sguardo, l'unica capace di abbattere la barriere del linguaggio tra lei e il resto della famiglia. Jessica comprende al volo che Sabrina è in cerca di Gladys, prova a tranquillizzarla parlandole ma è inutile perché lei non può capirla. Le avvicina il piatto con il ri-

so, in modo che sia chiaro che la sta invitando a mangiare. Sabrina scuote la testa e si allontana di qualche centimetro, non vuole.

– Where is mama? – domanda Bright con la bocca piena e sputacchiando dei pezzi di cibo.

Mercy gli lancia uno sguardo disgustato. – Close your mouth!

Jessica scuote la testa, divertita. – She's coming.

– What is she suppose to eat for breakfast? I saw some food in her bag –. Mercy lascia andare Redeem tra le braccia di Jessica e la bimba inizia a mangiare con la zia dal suo piatto. Mercy si avvicina a una delle borse lasciate nell'angolo della camera, la apre ed estrae tra le varie cose del pancarrè e il barattolo di Nutella. Sabrina la guarda incuriosita, scende dal letto e si avvicina alla zia. Mercy capisce che è quello che Sabrina vuole mangiare, quindi la aiuta a preparare la colazione. – So... she's not speaking english, – dice, osservando la nipote silenziosa.

– What do you want from her? – Jessica affianca Sabrina, accarezzandole la schiena. – She grew up with an italian family. It's normal.

– I know, I know! – Mercy continua a spalmare altre fette di pancarrè, passandone una anche alla propria figlia. – It's just hard trying to comunicate with her when mama is not around.

– She's smart, – le dice Jessica, sicura. – If she needs something, she will let us know.

Mercy fa spallucce, addentando una fetta di pane bianco. – Good for her.

Gladys entra in camera dopo poco che la conversazione tra Jessica e Mercy si conclude, accompagnata da sua madre Felicia. Tra le mani di Gladys dei piatti vuoti e un paio di bottiglie d'acqua, in quelle di nonna Felicia una pentola fumante che emana un odore invitante. Sabrina alla vista della madre balza in piedi. Le va incontro e Gladys le accarezza la nuca con la punta delle dita, dolcemente. – Good morning, my dear.

– Saluta nonna, – le dice Gladys, facendole un cenno con la testa.

– Good morning, – ripete Sabrina.

Nonna Felicia solleva il coperchio della pentola. – Do you like it?

– Cos'è?

Gladys si avvicina. – *Egusi soup*. È un sugo nigeriano, vuoi provare?

Sabrina, tentata dal profumo, accetta. Nonna Felicia, contenta, chiede a Mercy di recuperare un piatto per Sabrina. Mercy lascia la camera e ritorna con in mano due piatti fondi colmi di *fufu* ancora caldo, un impasto ricco di amido che accompagna i principali piatti sugosi dell'Africa occidentale. Nonna Felicia prende del *fufu* e aggiunge il sugo. Si siede sulla poltrona. Jessica le porge una ciotola con dell'acqua. Nonna Felicia la usa per lavarsi una mano. – Come chop! – dice.

– Avvicinati – fa Gladys.

Nonna Felicia, con la mano umida, afferra una porzione di *fufu*, la immerge nel sugo e la porta alla bocca della bambina. Sabrina si lascia imboccare. Lí per lí rimane inebriata dai nuovi sapori e dalla morbidezza del *fufu*. Gli occhi della nonna brillano. – Do you like it? – Ma dopo un momento Sabrina contorce il visto in una smorfia e apre la bocca in cerca d'aria. – È piccante! – grida.

Gladys afferra una bottiglia d'acqua e gliela porge. – Drink it.

Sabrina si aggrappa alla bottiglia, beve frettolosamente.

Nonna Felicia osserva la scena dispiaciuta. – *Esosa*?

– Sorry. I think she doesn't like pepe.

– No pepe? – dice Mercy che nel frattempo si è servita del *fufu* col sugo. – How can she eat without pepe?

– They don't use too much pepe in Italy, – fa Gladys. – Tutto bene? – chiede a Sabrina ripulendole la bocca con un fazzoletto.

– Sí, – risponde lei quasi senza fiato. – È piccantissimo!

– È cosí che si mangia qui. Tanti piatti sono molto piccanti.

Sabrina, rammaricata, guarda il cibo tra le mani della nonna e il suo viso deluso. Jessica nota il dispiacere della bambina, si solleva dal proprio posto lasciando la pentola tra le mani di Gladys. Si inginocchia di fronte alla madre, Felicia, poi fa cenno a Sabrina di avvicinarsi. La bambina le si siede accanto. La zia si lava la mano, prende una porzione di *fufu*. Lo porta alla bocca di Sabrina che, incerta, si volta a guardare la mamma. Gladys annuisce. Sabrina apre la bocca col terrore di sentire di nuovo quel gusto terribile, ma quando lo assaggia il *fufu* non è piccante. È morbido e quasi insapore.

Sabrina sorride alla zia. – Thank you, – dice pronunciandolo male.

Jessica sorride e la bacia sulla fronte. – You're welcome.

Sabrina è l'unica della famiglia nata e cresciuta in un Paese straniero, e tutti desiderano festeggiarla. In Nigeria, i compleanni, i matrimoni e le celebrazioni di ogni tipo sono eventi ricchi di cibo e musica. Abituata all'Italia, per Gladys, a Lagos, le spese non sono un problema, e oltretutto nei mesi precedenti è riuscita a mettere da parte i soldi necessari per festeggiare come si deve il compleanno di Sabrina. Ha già deciso che alla festa vuole invitare i figli e le figlie dei vicini e tutti i bambini della chiesa.

Se possibile, la Freedom Church disorienta Sabrina ancora piú di quella di Firenze. Qui proprio nessuno, a parte la madre, parla una parola di italiano. È una sinfonia di suoni sconosciuti. La gente, non sapendo che lei non capisce l'inglese né la lingua del popolo Yoruba, le parla come se niente fosse. I bambini le girano attorno curiosi. Come sempre, Sabrina si sente un pesce fuor d'acqua, o per lo meno, si sente a disagio finché non riesce a legare con una bambina che ha un paio d'anni piú di lei: Bukky.

La famiglia di Bukky è anche lei originaria di Benin City e passa spesso a casa della famiglia di Sabrina. La camera dove dormono nonno Osariemen e nonna Felicia è piú grande di quella dove dormono Sabrina, Gladys e la zia Mercy. È divisa in due da una lunga tenda: da una parte c'è il letto matrimoniale, dall'altra un divano e un tavolino basso dove spesso si consumano i pasti insieme agli ospiti. Nonna Felicia è sempre contenta che le venga fatta visita, che le venga data l'opportunità di condividere il cibo. Mangiare in compagnia è importante, crea unione. Capita che Sabrina si trovi a rifiutare qualcosa e si rende conto che lí il rifiuto è percepito come un insulto. È importante accettare quando viene offerto del cibo o delle bevande e, nel caso proprio non si voglia consumarli subito, va bene anche portarli a casa.

È proprio durante una di queste visite che Sabrina conosce Bukky, nipote di un caro amico di nonno Osariemen. Bukky è una bambina molto cortese. Per lei, il fatto che Sabrina non parli la sua lingua sembra non essere un problema. Bukky si fa capire mostrandole le cose, sedendole accanto e provando a insegnarle delle parole in inglese facili da pronunciare: pane, acqua, sugo, chiesa. Qualsiasi parola possa essere utile a Sabrina.

Gladys organizza il compleanno di Sabrina all'aperto,

sotto dei gazebo. Una enorme torta rossa al pan di Spagna fa mostra di sé su un tavolo bianco sotto il gazebo centrale, insieme ai tovaglioli, ai bicchieri e ai piatti con su scritto *Happy Birthday!* A quel tavolo siedono i nonni, Gladys e la piccola Sabrina. Intorno, tutti gli invitati. C'è un dj che mette musica afrobeat. La gente danza. Sabrina indossa un abito tradizionale africano che la madre le ha fatto cucire su misura, coordinato al proprio e a quello dei nonni. Per la bambina è un po' scomodo non essendo abituata a quel tipo di tessuto, ma i colori e i ricami li trova stupendi. Bukky passa di fronte al tavolo principale e saluta Sabrina con la mano che ricambia con tanto di sorriso. Gladys chiama Bukky e le sussurra qualcosa all'orecchio. La bambina annuisce.

– Sabrina! – dice Gladys. – Vai con tua amica, vai a ballare.

Sabrina scuote la testa.

– Vai, – insiste Gladys. – È importante, vai.

Gladys prende la mano della bambina e la offre a Bukky, quest'ultima la stringe e guida Sabrina al centro della pista. Le prende anche l'altra e inizia a muoversi: i piedi di Sabrina sono immobili. – Dance with me! – Bukky le lascia le mani e inizia a ballare, ondeggiando al ritmo della musica. Quando la gente inizia a notare le bambine, si volta e le acclama. Sabrina si guarda intorno in cerca di un volto amico, ma l'unica che conosce è Bukky e la sua attenzione è completamente presa dal ballo. Sono cosí basse in mezzo a quel mare di persone, e piú si guarda intorno piú la musica le sembra assordante. Cerca di fuggire ma Bukky la trattiene per un braccio, e in quel momento, prima che possa tirarsi via, iniziano a pioverle addosso delle banconote. In Nigeria è tradizione ricoprire di banconote coloro che vengono celebrati, soprattutto durante i balli, come segno di prosperità. Se ci sono degli stranieri, oltre alle *naira*, la moneta locale, vengono usati anche i dollari. Sabrina è confusa: non le è stato spiegato. Bukky afferra un paio di *naira* da terra e le sventola di fronte al viso della bambina, sorridendole. – It's yours! – Le mette i soldi tra le mani e gliele chiude, prima di iniziare a ballarle intorno alzando le mani al cielo. Sabrina la guarda disorientata.

A venire in suo soccorso, però, c'è tutta la famiglia. Uno alla volta, gli zii, le zie, la madre, la raggiungono aprendosi un varco tra la folla, cantando e ballando. Bright ruba subito la scena piegando le gambe quasi fino a toccare il pavimento con il fondoschiena. È un ballerino straordinario e Sabrina lo guarda divertita. Jessica lo spinge per fargli perdere l'equilibrio. Sabrina ride. Gladys balla insieme a nonna Felicia, che muove le gambe doloranti a passi minuscoli e cerca di concentrare tutta l'energia e la sensualità nelle braccia e nei movimenti del busto. Mercy si occupa di recuperare i soldi dal pavimento, ma per ogni banconota recuperata ne piovono altre dieci. Sono tutti felici. Sono tutti felici per l'arrivo di Sabrina.

18.

Quando Sabrina ha undici anni, Gladys si trasferisce da Firenze a Prato. Le estati ormai le passa tutte in Toscana dalla madre. Gladys a Prato ha trovato un appartamento piú grande e un lavoro come parrucchiera. Prato è diversa da Firenze, e dopo l'esperienza in Nigeria, passare del tempo lí con sua madre, le sue amiche, i loro figli, le ricorda l'Africa.

Ogni volta che torna a Napoli porta con sé qualche nuovo pensiero, soprattutto la consapevolezza di non essere sola, che di neri come lei ce ne sono milioni. Ci guadagna non sentendosi fisicamente sbagliata, unita a una comunità da qualcosa che non riesce a trovare quando è con la famiglia napoletana. Prato è diventata per lei una casa in termini di origini: un promemoria dell'essere neri in un mondo bianco. Cosa che quando è a Napoli tende a dimenticare o a soffocare.

A Napoli le uniche persone nere che incontra sono degli uomini adulti al semaforo che provano a vendere a sua madre Antonietta fazzoletti e bracciali. E l'immagine della persona nera, per lei, lí prende una forma diversa. L'unicità svanisce e si trasforma in non adeguatezza quando quelle persone incrociano il suo sguardo e provano a salutarla, e lei, in tutta risposta, sprofonda nel sedile e in un silenzio imbarazzato. A confonderla è l'atteggiamento dei suoi parenti nei loro confronti: sembrano infastiditi e arrabbiati.

– Tu non sei come loro, è diverso, – le ha detto una volta lo zio Lello. Una diversità che Sabrina non capisce, che crede vada oltre la pelle e si nasconda nel sangue. Qualcosa che non è visibile al suo occhio.

Sabrina ha frequentato le elementari a Secondigliano e le cose lí sono andate bene. Non ha avuto grandi problemi nel legare con gli altri bambini e ha stretto delle amicizie importanti. È alle scuole medie che tutto inizia a precipitare, obbligandola a fare i conti con la crudeltà dello sguardo altrui. Se alle elementari essere l'unica nera era qualcosa di speciale, alle medie è una maledizione. Ed è qui che scopre di essere nera, nera per davvero. Quel nero che sa di diverso. Nera come quei neri che gli zii guardano male.

La Virgilio I è uno degli istituti secondari piú conosciuti di Scampia. Una scuola difficile in un territorio complicato, alla fine di una lunga strada deserta e di fronte a un centro di cura per anziani.

Ma ora, prendiamo un giorno qualunque alla Virgilio. Giusto per fare un esempio.

– Ehi! – Una ragazzina scende dall'auto, nota Sabrina avviarsi verso l'ingresso e la chiama sventolando la mano. Francesca è una ragazzina di dodici anni dai lunghi capelli biondi, gli occhi castani nascosti da lenti spesse e una voce dolcissima. Lei e Sabrina si sono conosciute alle scuole elementari, sono diventate amiche e hanno fatto di tutto per poter frequentare insieme anche le medie. Sabrina va a scuola accompagnata da zio Lello. In realtà la scuola è lontana meno di dieci minuti a piedi, ma Antonietta preferisce che non faccia la strada da sola.

– Ciao! – Sabrina va incontro a Francesca. Si sorridono. Un posto dove qualsiasi cosa ti differenzi dalla massa diventa la tua condanna a morte fa sí che neppure per

Francesca le medie siano una passeggiata: avere gli occhiali e una spiccata sensibilità la rendono un facile bersaglio.

Quella mattina l'insegnante di matematica è fuori dalla classe a scambiare due chiacchiere con una collega mentre attende che gli alunni arrivino. Salvatore, chiamato da tutti Sasy, siede al banco alla destra di quello di Sabrina. È un ragazzino dal temperamento acceso, meno problematico di altri, ma uno a cui piace fare il bullo. Sasy è uno di quei ragazzini che, pur di attirare l'attenzione e avere il consenso dei compagni, non ci pensa due volte a rendersi detestabile.

– Uagliu'! – Esclama nascondendo il naso nel collo della felpa. – Lo sentite quest'odore? Ma c'rè? – Si alza in piedi, libera il naso e inizia ad annusare l'aria intorno a sé. – C'rè 'sta merda?

I compagni ridono, tutti tranne Sabrina e Francesca. Sasy non si rivolge direttamente a Sabrina, il suo scopo è proprio quello di farlo intendere senza dirlo apertamente. Le risate degli altri pulsano nelle orecchie, forti.

– Ti sei cagato sotto! – urla Marco, che di solito riesce a essere divertente senza essere cattivo.

– No, no, uagliu'! – continua Sasy, prima di fermarsi di fronte al banco di Sabrina che cerca di ignorarlo. – Viene da qua! – La indica e finge di vomitare. – Maronn'! Ma c'rè!

Le risate della classe sono cosí forti che l'insegnante fa capolino e batte la mano contro la porta. – Salvatore, al tuo posto, – ordina. Salvatore si lascia andare a un'ultima risata nei confronti di Sabrina, prima di sedere alla sua destra, come un'ombra costante.

Prima l'unica bambina nera della classe, poi l'unica bambina nera della scuola e a un tratto ha la sensazione di essere l'unica bambina nera di Scampia. Non le è mai capitato di incontrarne una in quegli anni, nemmeno durante le gite scolastiche. È sempre stata l'unica. Sempre sotto gli occhi di tutti. Sempre con l'accusa di puzzare. Sempre chiusa nei bagni degli spogliatoi perché, si sa, è divertente vederla chiusa lí dentro, oh sí sí. Eppure, ciò che la ferisce di piú non è l'atteggiamento dei coetanei, ma l'indifferenza generale.

Durante l'ora di arte, i ragazzi sono in silenzio, chini a disegnare. È una delle poche materie che riesce a tranquillizzare la classe. Capita spesso che i piú grandi, quelli piantagrane, escano dalle proprie aule e si divertano ad andare in giro per l'istituto a dar fastidio ai piú piccoli e anche agli insegnanti. Le classi vengono disturbate in continuazione, e nessuno sembra in grado di fare nulla.

Ad esempio c'è Sun, un quindicenne bloccato in seconda media. È quasi sempre lui a disturbare la lezione con l'appoggio del cugino piccolo, Pietro, un ragazzino dai capelli cortissimi di un biondo cenere e gli occhi grandi e tanto scuri. Indossa sempre la stessa tuta grigia e basta un nulla per farlo scattare e perdere le staffe.

Quando Pietro fa il suo ingresso la professoressa alza lo sguardo e sbuffa. – Pietro, esci! Proprio mo che stanno tutti in grazia di Dio.

– Fo' cess', oh! – Ignorandola e insultandola si fa avanti tra i banchi.

La professoressa si lascia andare a un sospiro, apre il registro e scrive qualcosa. I ragazzi prestano poca attenzione a Pietro, alcuni sono anche stanchi dei suoi continui interventi. Nonostante alcune mele marce, la maggior parte della classe di Sabrina è fatta da studenti promettenti. Il problema delle mele marce è che se non vengono portate via, finiscono per far marcire il cesto. I ragazzi non dànno man forte, alcuni si divertono ad assecondare i casini dei piú grandi, gli offrono rispetto per non essere presi di mira. Altri li ignorano e fingono di non notarli nemmeno. Sabrina fa parte dei secondi, ma per quanto lei possa provarci a ignorare la presenza di quei ragazzi, e spesso anche di alcune ragazze, per loro è impossibile non notare lei. Le hanno vomitato sul giubbotto, rotto lo zaino, l'hanno spintonata, l'hanno chiusa nei bagni, chiamata «negra» e «negra di merda». Hanno costruito un muro circondato di specchi che le ricordano ogni giorno la sua solitudine e la sua diversità.

Pietro arriva di fronte a Sabrina e infila una mano nel suo astuccio, afferra un evidenziatore giallo e lo osserva attentamente. Francesca e Sabrina si guardano cercando di capire cosa aspettarsi da quel gesto. La classe è pietrificata, il silenzio assordante. Pietro continua a mettere le mani tra le cose di Sabrina, afferra un altro evidenziatore. Sabrina a un certo punto, stufa, glielo strappa dalle mani. Pietro sgrana gli occhi. – Oh, ma che vuo'? A ne'! – Afferra l'astuccio e glielo lancia addosso con rabbia colpendola in faccia. La cerniera dell'astuccio le graffia la guancia. L'intera classe emette una specie di grugnito: la violenza di quel gesto è eccessiva anche per loro che ci sono abituati.

Pietro oggi non ha l'appoggio di nessuno; nessuno ride e anzi, sono tutti molto spaventati. Nessuno sa che dire perché nessuno vorrebbe stare dalla parte della *straniera*, e chi vorrebbe intervenire resta in silenzio. Ma chi, piú di tutti, dovrebbe dire qualcosa e invece se ne sta zitta e muta, è la professoressa. Lo sguardo verso la scena, gli occhi spalancati, i capelli castani che le coprono una parte del viso.

– Professoressa, – singhiozza Sabrina, guardandola dritto negli occhi. Pietro indietreggia e la scruta con aria di sfida. – Professoressa, non dice nulla?

No. Lei non dice nulla.

Pietro ridacchia ed esce dall'aula.

Tornata a casa, Sabrina distrutta si getta sul letto. – Saranno gli anni piú lunghi della mia vita, – dice sotto lo sguardo di mamma Antonietta, in piedi su una scala a sistemare le tende appena pulite. Si trovano nella loro camera di Secondigliano. Antonietta e Sabrina condividono una delle tre stanze, la seconda in ordine di grandezza, provvista di due letti singoli e un armadio collegato a una scrivania di legno chiaro. Le tende che sta risistemando la madre sono quelle del balcone che dà sulle palazzine, sul campo da calcio e sugli altri palazzi del quartiere. Si sentono gli uccelli del nonno cantare, accompagnati dallo stereo che Salvatore tiene sempre acceso.

– Non puoi saltare ancora la scuola, – le fa notare Antonietta. – La settimana scorsa te l'ho permesso perché dicevi che eri stanca, ma ora stai meglio o sbaglio?

– No. Sono ancora molto stanca, – si giustifica Sabrina, voltandosi verso il cuscino e premendoci il viso. Il profumo delle federe pulite la inebria, chiude gli occhi e prova per un attimo a immaginarsi altrove.

– È perché la notte non dormi mai. Sei sempre davanti al computer.

Sabrina si volta, ruotando gli occhi al cielo. Hanno affrontato questa discussione un sacco di volte e si conclude sempre allo stesso modo. Ha provato per anni a spiegarle che per lei la notte è portatrice di pensieri, ansie, e che piú cresce piú la notte sembra divorarla. – Non è colpa mia se non riesco a dormire. Accendo il computer proprio perché non riesco a dormire, – prova a spiegarle per l'ennesima volta.

– E cosí ti togli il sonno ancora di piú, – sospira Antonietta. – Cosa fai tutto quel tempo al computer, poi?

Sabrina si chiude nelle spalle. – Niente.

Antonietta la guarda intensamente. – Lo so che pensare alla scuola ti fa male, zio Lello lo dice sempre che 'e guaglioni lí so' bestie.

– E gli insegnanti non dicono niente.

Antonietta fissa Sabrina con rammarico. – Ti manca solo un anno…

– Lo so.

– Devi resistere.

– So anche questo.

Antonietta le si siede accanto, le sposta le trecce dal viso. – Facciamo cosí. Finito qui vediamo di tornare a Castel Volturno.

La fronte della ragazzina si corruccia. – E questo come dovrebbe aiutarmi?

– Il Villaggio è piú tranquillo. Tu non te lo ricordi perché eri piccola, e mo ci andiamo solo d'estate. Ti troverai meglio a frequentare lí le superiori.

Sabrina solleva le spalle. – Ma mi dispiace lasciare Francesca.

– Nonna tiene sempre casa, possiamo venire tutte le volte che vuoi. Pure tutti i fine settimana. Non la perderai Francesca, vedrai.

Antonietta lascia la stanza e chiude la porta. Sabrina afferra il computer dalla scrivania, si siede con le gambe incrociate e accede a Facebook. Su Facebook Sabrina ha una pagina che gestisce insieme a Francesca, dove scrivono per la maggior parte di cantanti pop molto in voga in quel periodo. Sono ragazzine di dodici anni, seguono band di cantanti americani o inglesi e ne parlano a oltranza con altre fan sfegatate come loro. Oltre a Facebook, l'unica altra comunità che frequenta è EFP – un sito di fanfiction italiane. Le piace leggere quelle storie scritte da ragazze poco piú grandi o addirittura sue coetanee. Le notti le passa cosí, leggendo storie scritte da altri, immaginandosi in posti lontani e con vite diverse dalla sua. Legge per ore, legge tutto quello che può trovare online. Se a scuola è tutto un casino quando è chiusa in camera sua, dove nessuno può vederla, si perde nei racconti d'amore, di paura, di successi. La lettura diventa la sua ancora, e da semplici fanfiction passa ai romanzi pubblicati, soprattutto quelli rosa.

Le storie d'amore, per chi pensa di non poter mai piacere, per chi ha la testa immersa nei complessi e nelle insicurezze da preadolescente, ti salvano. E salvano anche lei.

19.

A volte quando eravamo lontane mi chiamavi per dirmi che ti mancavo. A volte piangevi, avresti voluto che restassi piú tempo con te. Io però stavo iniziando a definire i miei spazi, a conoscermi, a diventare me stessa. Era impensabile trasferirmi da te, lasciare ciò che stavo costruendo, la mia identità e la mia famiglia. Passare del tempo insieme significava cancellare una parte di me. Se mi avessi cresciuta tu, ho l'impressione che sarebbe stato molto piú difficile diventare altro da ciò che tu pensavi dovessi essere.

Quando mi hai raccontato la verità avevo undici anni. Stese sul tuo letto, mi tenevi abbracciata da dietro e la stanza era completamente buia. Era strano, perché di solito hai sempre qualcosa di acceso che possa tenerti compagnia durante la notte. Ti ho ascoltata in silenzio. Non hai mai usato la parola «prostituta» e non hai mai parlato di prostituzione con me. Il nome che usavi era: *sofferenza*. E quella sofferenza te l'aveva procurata una donna che adesso era in prigione. È stata quella notizia a convincerti che era giunto il momento di dirmi tutto prima che lo scoprissi da sola.

Quando mi hai parlato della tua storia, mi sono sentita sporca. Ho avuto paura di portarmi addosso pure io quelle sensazioni. Non sei entrata nel dettaglio di ciò che succedeva con gli uomini, ma io capivo, sapevo, e comprendevo ancora di piú il tuo astio nei confronti del sesso opposto, soprattutto dopo la delusione di mio padre. Mi hai confidato che mi avevi chiamata *Courage* perché ero la tua speranza. Dicendolo mi stringevi tanto forte da farmi male: avrei voluto che non mi stringessi cosí forte, perché in quel modo mi trasmettevi il tuo dolore. Ho avuto paura che un giorno sarebbe toccato anche a me, perché eravate tutte ragazze nere nella casa di Joy e perché una volta ho sentito una persona dire, con me accanto, che «tutte le nere fanno cosí perché a loro piace».

Nella mia testa mi ripetevo che non mi sarei mai avvicinata a un uomo: mi facevano paura e mi avrebbero fatto soffrire.

Da quando, a otto anni, ho iniziato a passare tre mesi all'anno con te, ho dovuto imparare a decidere per me stessa: tu non sapevi quali erano i miei gusti, non conoscevi le mie abitudini.

Andavamo a fare la spesa e sceglievo tutto io, perché non mangiavamo le stesse cose e tu eri preoccupata che non toccassi cibo quando ero con te. Al Penny Market compravamo: würstel, panini, pizze surgelate, tonno in scatola e merendine. Inizialmente mi aiutavi, preparavi tu da mangiare, poi, quando ho imparato a usare il microonde, hai lasciato che mi arrangiassi. A dieci anni ho provato a farti una carbonara, ma è venuta una frittata di pasta. Sapeva di poco, ma hai detto che era buonissima. Ricordo quanto fossi orgogliosa: le bambine in Nigeria imparano a cucinare a quell'età e io non volevo essere da meno. Mi ingegnavo in ogni modo per renderti fiera di me, per dimostrarti che anche se non ero come loro, potevo stare al passo con ciò che volevi da me.

Ho anche iniziato a mangiare i tuoi stessi piatti, a patto che non fossero troppo piccanti. Tu mi dicevi che avrei dovuto imparare a mangiare anche il piccante, perché saremmo tornate in Africa e tu non avresti pagato di nuovo per una valigia piena di cibo. Volevi che al mio ritorno in Nigeria la famiglia mi trovasse diversa, piú matura, piú consapevole. Hai sempre pensato che quella terra e quella storia fossero qualcosa di radicato nel profondo del mio animo e che era compito tuo tirarle fuori. E in parte era vero: io vedevo quel Paese come una parte della mia storia – ma non come la mia unica storia. Perché mi sono sempre sentita italiana. Anzi, mamma, io *sono* italiana. Sono italiana e sono nigeriana perché la tua storia e quella del nostro popolo mi scorre nelle vene insieme al sangue. L'ho rinnegata a lungo, quella appartenenza, come qualcosa di cui vergognarsi, come se da lí arrivassero solo gli scarti dell'umanità, mentre tu dicevi che non ero italiana per convincerti di essere ancora mia madre e per prepararmi a ciò che avrei visto negli occhi della gente anche dopo aver ottenuta la cittadinanza, diciannove anni dopo la mia nascita. Ricordo le file interminabili in questura, ogni anno, a rinnovare il permesso di soggiorno per entrambe, sotto la pioggia e anche quando avevo la febbre. In fila insieme sotto il sole che brucia e ci rende ancora piú neri, col terrore che uno sbaglio, una irregolarità, un errore di tempistica, potesse sotterrarci. In piedi dalle sei del mattino. In piedi per cinque o sei ore, se andava bene.

Un giorno hai detto: – Tu però devi conoscere tuo padre –. A volte telefonava, Uyi, quando io e te eravamo insieme. Voleva il mio numero. Tu non gliel'hai dato e gli hai detto che se voleva parlarmi senza te di mezzo, prima avrebbe dovuto farsi vedere.

Le volte che gli ho parlato al telefono eri tu a suggerirmi che cosa dire. Ripetevo parole in inglese che non conoscevo. Me le sussurravi all'orecchio. Quando ho imparato la lingua, ho capito che non si trattava che di semplici saluti. Lui non parlava bene l'italiano, lo ricordava a malapena. Si era trasferito in Francia dopo che ero nata io, una volta finito di scontare tre anni di prigione. In Francia aveva iniziato una nuova vita con una nuova famiglia. Una vita che non comprendeva né me né te, mamma. E sapere che, pochi anni dopo che vi eravate lasciati, che ti aveva abbandonata in ospedale, era pronto per un matrimonio e altri figli, ti ha distrutta. Ti ha fatta sentire come se quelle che non andavano bene eravamo noi, e che tutto il resto avrebbe potuto costruirlo da sé anche senza il tuo amore.

Ha anche provato a tornare indietro. A quale condizione? Che accettassi di essere la sua seconda moglie. Per un attimo hai pensato di cedere a quella richiesta, ma la tua dignità ha avuto la meglio. Mi hai confessato che al mio ottavo compleanno in Nigeria lui avrebbe dovuto essere presente, ma all'ultimo era sparito. Non sarebbe stata la prima né l'ultima volta che prometteva di presentarsi per poi sparire e far perdere le sue tracce per mesi. A volte cambiava numero, ma il tuo lo ritrovava sempre grazie ad amici che avevate in comune. Ci litigavi al telefono perché odiavi che fosse cosí assente, che continuasse a promettere il mare per poi lasciarti in una pozzanghera di lacrime. Era irrispettoso nei tuoi confronti e anche nei miei, ma temevi che un giorno avrei potuto odiarti per averlo tenuto lontano da me, per averlo nascosto cosí a lungo.

– Quando sarai grande deciderai tu cosa fare, – mi hai detto. – Tutto ciò che posso fare io è accompagnarti –. E lo hai fatto. Un giorno Uyi ha pagato i biglietti e siamo partite insieme per la Francia. Era l'estate dei miei tredici anni. Io non ero per nulla nervosa, devo confessartelo. Ero pronta ad aggiungere un altro tassello a quel mosaico pieno di vuoti che era la mia vita. Piú verità aggiungevo, piú verità accettavo e scoprivo, piú mi corazzavo. Tu invece eri molto agitata, sapevi che oltre a lui avresti incontrato anche sua moglie, la donna che aveva preferito a te, quella di cui si era innamorato e con cui aveva deciso di mettere su famiglia.

Quando siamo uscite dall'aeroporto lui era lí ad aspettarci, in tutta la sua eleganza. Indossava una camicia azzurra stretta, dei pantaloni neri e aveva le mani in tasca. Era in piedi accanto a un altro uomo, un amico, e mentirei se dicessi che tra i due ho subito capito chi fosse mio padre. Mentirei se dicessi che il legame che mi univa a lui mi ha permesso di riconoscerlo.

Quando mi ha vista era contento, mi è venuto incontro e mi ha abbracciata. È stato l'abbraccio piú strano che abbia mai ricevuto: aveva il sapore di qualcosa di sbagliato al posto giusto; qualcosa che stava andando male, ma che non sarebbe potuto andare in nessun altro modo. Non ho provato nulla. Non ho mai desiderato un padre. Non ho mai avuto bisogno di stare con lui e di capire chi fosse. Desideravo solo conoscere la verità perché era l'unica cosa che sapevo mi avrebbe resa libera. Non volevo un genitore, volevo chiudere un cerchio.

L'uomo accanto a lui si chiamava Simon, ci avrebbe ospitato a casa sua perché tu non avresti accettato in alcun modo di abitare sotto lo stesso tetto di Uyi e di sua moglie. Simon era piú alto di mio padre, aveva anche lui un aspetto molto distinto e una folta barba scura. Indossava degli occhiali da sole che ha tolto non appena ci siamo avvicinate, ci ha sorriso ed è stato molto disponibile con noi sin dal primo momento. Sapeva cosa significava quell'incontro e ha fatto sí che tutto andasse nel verso giusto, facendo da collante tra di noi.

Ricordo che quando siamo entrati in auto, diretti a Metz, tu eri seduta sul sedile posteriore insieme a me e ti rivolgevi a loro in inglese con una voce dolce e controllata. A me faceva strano sentirti parlare cosí, sembravi quasi in imbarazzo. Sorridevi e scherzavi alle loro battute, ma non eri a tuo agio. Avevi ancora un modo di fare ammaliante nei confronti di mio padre, forse un po' cercarvi di fargli capire cosa si era perso, che eri una bellissima donna e che il fascino che avevi su di lui non era mai svanito.

Quando siamo arrivati a casa di Simon, mio padre è salito su con noi. Ricordo di aver mangiato del pane bianco con della maionese perché avevo fame e il pranzo non era ancora pronto. Tutto aveva un sapore cosí buono, anche la maionese era diversa. La cucina di casa di Simon era piccola e nonostante la sua compagna avesse spazio a malapena per muoversi mi ha chiesto di farle compagnia. Parlava solo francese e inglese, ma io stavo imparando la lingua e riuscivo a farmi capire senza troppi problemi. Simon invece l'italiano lo parlava. Mentre ero in cucina tu, Uyi e Simon eravate in soggiorno a bere. Uyi moriva dalla voglia di farmi conoscere le sue figlie, tu un po' meno. Hai solo chiesto che qualsiasi cosa fosse successa in quei tre giorni accadesse di fronte ai tuoi occhi e sotto il tetto di Simon. Lui non era molto d'accordo, voleva passare del tempo con me da solo.

Le mie sorelle sono state accompagnate a casa di Simon dalla madre, la moglie di Uyi, una delle donne piú dure che avessi mai incontrato, uno sguardo e un carattere che tu stessa hai definito come quello di Joy. Solo quando andammo via mi hai confessato che lei, una *madame*, proprio come Joy, lo era stata sul serio. Per poco tempo, ma lo era stata.

Promise, mia sorella minore di un anno piú piccola, quella nata prima che mio padre finisse in prigione, mi ha sorriso appena ci siamo viste. Io ero ferma, in piedi nel corridoio di casa di Simon, in attesa che lei si avvicinasse. Mi è corsa incontro e mi ha abbracciata forte, potevo sentire il cuore batterle nel petto. Ho ricambiato l'abbraccio per quanto ho potuto: non sono mai stata facile alle effusioni. Lei era alta quanto me, anche se io ero piú grande di un anno: a vederci vicine sembravamo coetanee. La sua pelle era di qualche tono piú chiara della mia, gli occhi piú accesi e lo sguardo piú tirato. Avevamo però le stesse labbra e lo stesso sorriso, ci guardavamo come se dovessimo specchiarci. Lei mi toccava le braccia, mi stava vicina, mi parlava in francese come se io la capissi.

Di quei tre giorni in Francia il ricordo piú bello è quando siamo andati a sederci sul prato di un parco di cui oggi ignoro il nome, sotto un cielo mite e con una confezione di gelati cioccolato e panna. Eravamo io, Promise, Béatrice e Jennifer. Béatrice aveva sette anni, Jennifer quattro. Loro due erano piú distanti nei miei confronti, credo che a malapena capissero che ero loro sorella. Simon ti aveva convinta a lasciarci passare del tempo da soli. Io, mio padre, le mie sorelle e nessun altro. In una mattina tranquilla, in una città francese che non avrei mai pensato di visitare.

Tornare in Italia dopo aver conosciuto mio padre e le mie sorelle mi ha cambiata sotto un singolo aspetto: ora sapevo davvero com'ero nata, da chi ero nata. Avevo completato il puzzle che metteva insieme quel mio viso, i miei occhi, il naso, il mio sorriso titubante. Conoscevo la mia famiglia in Nigeria, almeno da parte tua, e ora conoscevo anche lui. Ci ha accompagnato all'aeroporto, mi ha abbracciata e ha detto: – I love you, my baby–. Ci credeva veramente e io ho creduto che si fosse pentito delle scelte fatte tredici anni prima. L'ho guardato come se avessi dovuto perdonarlo, come se avessi dovuto dire qualcosa, ma sono rimasta in silenzio. E quella, mamma, come sapevi sarebbe successo, è stata l'ultima volta che l'ho visto.

20.

Andare via da Secondigliano, andare via dalla casa dei nonni, tornare a vivere a Castel Volturno: è questo ciò che Antonietta ha promesso a Sabrina. Per Antonietta è anche un modo per iniziare una nuova vita con l'uomo che ama, Giovanni.

Giovanni ha sessant'anni ed è originario di Casavatore, in provincia di Napoli. È un uomo vecchio stampo, dall'aria distinta e di bella presenza. Lavora come autista d'autobus e ha un'idea chiara di ciò che vuole per sé e per la sua vita con Antonietta, un percorso fatto d'amore e rispetto e la possibilità di dimostrarle quanto lei e Sabrina siano importanti per lui. Tratta Sabrina come se fosse figlia sua, offrendole tutto ciò di cui ha bisogno. Ed è cosí innamorato di Antonietta che l'idea di prendere casa a Ischitella, a cinque minuti di auto dal Villaggio Coppola, per lui che ha sempre vissuto a Napoli, non gli crea problemi. La ama e la seguirebbe ovunque: la cosa importante è che stia bene, che sia felice. Giovanni e Antonietta si conoscono da prima che Sabrina nascesse, lui era sposato con un'altra donna da cui aveva avuto due figli. Quando i ragazzi sono diventati grandi si è separato.

A Sabrina Giovanni piace il giusto. Non l'ha mai chiamato papà perché non ha mai chiamato papà nessuno, ma ha sempre visto in lui una figura di riferimento. A Ischitella, Sabrina ha finalmente una camera tutta sua, dove può mettersi a leggere, a scrivere e passare intere giornate e notti da sola. Quando abitava a Secondigliano con i nonni si è sempre spostata da una stanza all'altra, e per quanto le fosse concesso tutto lo spazio di cui aveva bisogno, non ha mai avuto una camera sua. Qui, a Ischitella, può nascondersi tra i suoi segreti e le sue passioni senza essere disturbata. In camera c'è un letto singolo, un grande comò per i vestiti, un armadio. Non c'è una scrivania o un posto dove potersi mettere col computer, ma in fondo lei è sempre stata abituata a tenerlo sulle gambe quando è a letto. C'è una vecchia televisione grigia e i canali prendono a malapena, ma non è un gran problema per Sabrina: non guarda molta televisione e ora che inizia la scuola superiore sa che la mole di studio sarà maggiore e lei vuole darci dentro. È sempre stata una studentessa dai buoni risultati, un po' perché le piace imparare, un po' per evitare di attirarsi addosso ulteriori attenzioni.

Gli istituti superiori nelle vicinanze sono due. Il primo è al Villaggio Coppola, il secondo dentro Castel Volturno paese. Entrambi hanno il liceo artistico, lo scientifico e l'alberghiero. Sabrina decide di frequentare l'artistico all'Istituto di Pinetamare, al Villaggio Coppola. La scuola affaccia proprio sul mare, dalle classi si vede la spiaggia e quando inizia la manutenzione della piscina del parco delle rose, aperta solo d'estate, i ragazzi iniziano a sentire odore di vacanza.

Il primo giorno di scuola superiore indossa una maglia blu, il suo colore preferito, con su l'immagine di un teschio. Ha le trecce nere, qualcuna azzurra sui lati, uno zaino grigio pieno di chiodi decorativi che all'interno ha una fantasia di ragnatele bianche. Sa solo qual è la sua classe, non conosce nessuno dei compagni. Non sa cosa aspettarsi, non sa se sarà l'unica ragazza nera della classe e dell'istituto e non sa come si comporteranno i compagni quando la vedranno per la prima volta. Ciò che piú la spaventa è pensare che il trasferimento non modifichi le cose: è terrorizzata al pensiero di ritrovarsi, alle superiori, nello stesso inferno delle medie di Scampia.

Quando varca la soglia della prima B, i compagni sono già seduti. L'aula è grande e c'è una finestra sul fondo che si affaccia sul mare: il sole entra prepotente perché è settembre e fa bel tempo. Gli studenti della prima B sono dispari, essendo l'ultima a entrare tutti i posti in coppia sono esauriti e l'unico libero è in prima fila accanto alla cattedra. Sabrina posa lo zaino sotto il banco e prende posto in silenzio. Si guarda attorno: come aveva previsto è l'unica ragazza nera della classe, ma è sicura di aver visto un paio di ragazzi neri piú grandi entrare nell'aula di fronte alla sua. Detto questo, entrando nell'istituto nessuno l'ha guardata come se in lei ci fosse qualcosa di anomalo, nessuno ha dato di gomito indicandola.

La paura di essere ancora una volta al centro delle attenzioni svanisce, soprattutto quando la professoressa di italiano fa il suo ingresso e si rivolge alla classe per le presentazioni senza chiederle, com'era capitato alle medie: «Preferisci essere chiamata nera, di colore o negra?» Le prime ore trascorrono tranquille. Nell'intervallo una ragazza dai capelli corti rasati su un lato si avvicina per presentarsi. Ha le labbra molto grandi e la pelle chiarissima, è piú bassa di lei ma indossa degli stivali con la suola doppia.

– Ciao, io sono Daniela!

Sabrina sorride arrotolando una treccia intorno al dito, come fa sempre quando è nervosa. – Sabrina.

– Tu sei di qua? Non ti ho mai visto al Villaggio.

– Mi sono trasferita a Ischitella da poco.

Daniela annuisce. – Qui ci conosciamo un po' tutti, la maggior parte di noi era insieme già alle elementari o alle medie. Non meravigliarti se vedrai crearsi dei gruppetti, – le dice, tranquillizzandola. – Di solito siamo tipi accoglienti. Abbi solo un po' di pazienza.

– Adesso so cosa aspettarmi, – risponde Sabrina dando un'occhiata in giro. In effetti i ragazzi e le ragazze parlano tra loro con tranquillità, come se si conoscessero da una vita. Non c'è nessuno, oltre lei, che sembri imbarazzato o emozionato nel trovarsi in una classe piena di ragazzi e ragazze con cui, con molta probabilità, condividerà i prossimi cinque anni.

– E da dove vieni di preciso?

Sabrina ritorna con l'attenzione su Daniela. – Come?

– Di dove sei?

– Be', io sono nata qui... – mormora, pronta al terzo grado che si aspetta.

Daniela scoppia a ridere. – No, non hai capito. Non ti ho chiesto delle tue origini o roba del genere. Il mio fidanzato, Giorgio, è per metà senegalese. Ho imparato da lui che certe domande scocciano. Ma hai detto che sei a Ischitella da poco, quindi prima abitavi da qualche altra parte, giusto?

– Secondigliano. Però ho già vissuto qui. Quand'ero piú piccola abitavo al Villaggio.

Daniela le sorride e le porge la mano. Sabrina ricambia la stretta. – E allora bentornata a Castel Volturno, Sabrina da Napoli.

Durante il primo quadrimestre Daniela siede accanto a una ragazza dai capelli rossi, silenziosa, solitaria, che a metà anno tutt'a un tratto smette di presentarsi a lezione. Daniela dice che è sempre stata un po' strana, e che adesso ciò che conta è che Sabrina può sedersi al suo fianco. Diventano inseparabili. Daniela aiuta Sabrina a integrarsi. Poi, a un certo punto, scatta qualcosa di piú con una ragazza in particolare, una ragazza estroversa e dal cuore buono: Clarice.

Clarice è alquanto in sovrappeso, una cosa che a lei non crea problemi, ma che la rende il bersaglio ideale di certi ragazzi idioti – i ragazzi idioti sono ovunque. C'è chi fa commenti sul suo peso, e a volte le ragazze la guardano quasi con fastidio quando si avvicina troppo. Sabrina lo nota, sa quando vieni giudicata per il tuo aspetto fisico e sa distinguere un amico da chi non lo è. Non si tratta di bullismo estremo, violento, volgare. Ma c'è sempre chi si lascia andare a un commento di troppo sul peso di Clarice o sul fatto che Daniela sia sempre vestita di nero e che arrivi in classe ogni mese con un colore di capelli diverso. Adolescenza e crudeltà vanno spesso a braccetto.

Clarice però ha un'innocenza infantile. In una classe di quindicenni lei sembra persa nel suo mondo come se avesse otto anni. Quando Sabrina vede Clarice a disagio, soprattutto quando si prendono gioco della sua ingenuità, la raggiunge e con qualche scusa la porta via. Nessuno ha mai fatto a Clarice ciò che hanno fatto a lei alle medie e sa che non si arriverà mai a quel livello, nonostante ciò preferisce starle vicino perché ai finti sorrisi e alle risate quando ti volti dall'altra parte, Sabrina c'ha fatto il callo.

Insomma, le cose a Castel Volturno vanno molto meglio rispetto a Scampia. Sabrina sente di aver legato con Daniela e Clarice nel modo in cui sperava accadesse e oltretutto ha ripreso a frequentare i cugini, Salvio, Luca e Davide: anche con loro le cose vanno bene, degli screzi di quando erano piccoli non è rimasta traccia. L'unico problema è che quando va a trovare loro e zia Maria e zio Nando, passa sempre di fronte alla vecchia casa di Joy e lí, ancora oggi, continua un silenzioso giro di prostituzione. Gira voce che dopo aver scontato la pena Joy e Frank siano tornati in Nigeria. Sabrina ormai sa la verità. Sa che in quella casa ci ha vissuto anche sua madre e immaginarla tra quelle mura le taglia il respiro. Ci posa sopra lo sguardo il meno possibile, ma quell'intonaco consumato e le finestre rosse che sembrano gli occhi di un mostro le dànno i brividi.

Antonietta non affronta mai il discorso con Sabrina. Sa che Gladys le ha raccontato tutto, e nessuna delle due sente la necessità di riaprire quel capitolo; questa cosa però non aiuta Sabrina piú di quanto avrebbe fatto parlarne. E in assenza di parole che facciano luce ulteriore sulla propria storia personale, Sabrina cerca pace nella lettura di storie altrui, soprattutto quelle che trova online. Dorme poco. A volte il sonno arriva solo all'alba e spesso le capita di andare a scuola senza aver chiuso occhio nemmeno per un'ora.

Scopre una nuova community, Wattpad, una piattaforma simile a EFP ma molto piú grande e conosciuta a livello mondiale, che permette di leggere e scrivere storie gratuitamente. Sabrina inizia a pubblicare ogni settimana i capitoli di una storia d'amore tra due ragazzi inglesi. Per essere certa di non venire riconosciuta dalle compagne e dagli amici che frequentano la piattaforma si firma con uno pseudonimo, non carica foto, non lascia indizi che possano far risalire a lei. C'è solo la sua scrittura e le sue storie.

Le notti diventano un rifugio e Wattpad una guida, un momento di svago che tiene fuori il caos che porta sulla pelle. E mano a mano che va avanti i lettori della sua storia aumentano sempre di piú. La scrittura è una passione nascosta, non ne parla con nessuno, nemmeno con Daniela e Clarice. Finché nell'estate della terza superiore le arriva il messaggio di un tizio che dice di essere il direttore della narrativa italiana di una importante casa editrice: è interessato alla sua storia e vorrebbe parlarle. Seduta sul suo letto con il computer sulle gambe Sabrina guarda quel messaggio e non ci crede, è convinta che si tratti di uno scherzo. Chiede conferma e dall'altra parte gli viene inviato un indirizzo di posta elettronica a cui mandare un numero per poterne discutere telefonicamente. Sabrina si alza di scatto dal letto, va in bagno dove sua madre Antonietta è occupata a riordinare gli asciugamani.

– Mamma?

Antonietta le dà le spalle, ma alza gli occhi e la guarda dallo specchio.

– Vogliono pubblicare il mio libro.

21.

Quando Sabrina dice ad Antonietta che una casa editrice sembra interessata alla pubblicazione del libro scritto su Wattpad, la notizia coglie tutti di sorpresa. Nessuno era a conoscenza della passione di Sabrina per la scrittura. E ora c'è un direttore editoriale che la aspetta a Milano per la firma di un contratto. È una roba da restarci secchi.

Sabrina chiede a entrambe le mamme di accompagnarla. È la prima volta da anni che si ritrovano tutt'e tre insieme. Gladys è a Napoli già dal giorno prima: è rimasta a dormire da un'amica che ha appena avuto un bambino e ha colto l'occasione per salutarla prima di prendere il treno insieme a Sabrina e ad Antonietta.

– Eccola lí! – Sabrina la indica in lontananza, affretta il passo e alza il braccio per farsi notare. – Mom!

Antonietta rimane qualche passo indietro. Quando Gladys vede la figlia si illumina di gioia. Sabrina è ormai alta quanto lei. È sempre stata una ragazzina molto alta, ma ogni anno, quando la rivede, è sempre piú stupita della velocità con cui cresce. Spalanca le braccia e la travolge di felicità. – I'm so proud of my baby, – dice stringendola cosí forte da farle male.

– Non ho ancora fatto nulla... – risponde Sabrina, ridacchiando. – Thank you, anyway.

Anche Antonietta e Gladys si abbracciano. – Antonietta! – Gladys la guarda da capo a piedi con affetto e curiosità. – Quanto tempo… – Ormai sono anni che Sabrina si muove da sola, in treno, tra Napoli e Firenze, e quindi le due donne si incontrano di rado. Entrambe nel corso degli anni sono cambiate, sia fisicamente che a livello emotivo. Gladys non è piú la ragazza persa appena arrivata dalla Nigeria, ha l'aria molto piú rilassata e sicura e il suo corpo ora ha qualche curva in piú. Antonietta ha il viso piú stanco, i genitori sono invecchiati e hanno bisogno di cure costanti, e anche se ora si è trasferita a Ischitella, passa da Secondigliano piú volte a settimana per controllare che a casa vada tutto bene.

– Binario diciotto… – Sabrina controlla la mail al cellulare. Si volta per assicurarsi di essere seguita.

Antonietta e Gladys sono ferme a guardarla e lei, confusa, le scruta di rimando. – Che c'è?

– Ti guardavamo, – confessa Antonietta, andandole incontro. – C'rè? Ti dà fastidio?

Sabrina alza gli occhi al cielo, divertita. Sul treno manda un messaggio a Francesca, l'amica delle medie a Scampia. Le scrive che ha il cuore in gola ed è molto emozionata, ma che ha anche paura di scoprire che sia tutta una finta, una presa in giro. Allo stesso tempo, se fosse vero, se davvero pubblicheranno il suo libro, si chiede se sarà in grado di affrontare una cosa del genere. Le è sempre piaciuto scrivere zitta zitta, in anonimato e venire allo scoperto le sembra qualcosa di enorme. Tra l'altro, loro, alla casa editrice, non sanno che sotto il suo pseudonimo si cela una ragazza nera, una ragazza che sta arrivando con due madri e tutta una vita che manca. Francesca, nei messaggi, le assicura che andrà tutto bene e che deve solo credere in sé stessa. Sabrina si lascia andare a un sospiro preoccupato.

– Allora? – Antonietta è seduta di fronte a lei. Gladys, invece, ha preso posto nell'altra fila e come ogni volta che è in treno per lunghi viaggi si è appisolata.

– Sono nervosa.

– Perché?

– Ho paura che possano cambiare idea.

Antonietta la guarda con comprensione, annuendo. – È normale avere paura.

– Metti che mi conoscono e che non gli va che ci sia la mia faccia dietro quello pseudonimo.

– Perché pensi questo? Cosa c'è che non va con la tua faccia?

Sabrina apre bocca per dirle che non è la faccia il problema, ma il colore della faccia, e vorrebbe tanto dirlo, ma non ci riesce. Le vorrebbe dire che qualsiasi cosa che ha a che fare con lei e il mondo esterno deve sempre passare per il pregiudizio della pelle, ma quello per sua mamma non è concepibile perché non lo vive cosí. Loro due il problema del razzismo non l'hanno mai affrontato apertamente. Sabrina è cresciuta in una famiglia bianca per cui avere una figlia nera era una prova sufficiente a dimostrare che ogni barriera culturale può essere abbattuta con l'amore. E in questi anni ha sempre creduto che l'amore di una famiglia bastasse, e che se tua mamma ti dice che non sei diversa dagli altri bambini allora è vero che non lo sei, che quelli che ti prendono in giro sono solo ignoranti e bisogna lasciarli perdere. Eppure no, non è cosí.

– Nulla, – si limita a dire, voltandosi poi verso il finestrino.

Antonietta si spinge in avanti per guardarla meglio. – Ehi!

– Sí?

– Anche se non dovesse andare bene, – dice Antonietta, – sappi che io sarò sempre orgogliosa di te. Lo sono già. Lo sono sempre stata.

Il luogo dell'appuntamento è un edificio enorme, all'esterno un bellissimo spazio verde, e i palazzi attorno si alzano al cielo con un numero infinito di piani, roba da togliere il fiato. Nessuna delle tre avrebbe mai immaginato un giorno di ritrovarsi in un posto simile. In particolare le due madri, che quindici anni prima si sono incontrate per caso sulle due sponde di una strada simile a un precipizio e che oggi tengono per mano quella bambina che è stata capace di unire le loro vite. Una donna dai capelli rossi e il corpo minuto le accoglie e le accompagna dall'ingresso all'ufficio dove sono attese.

La riunione va bene.

Il libro si farà.

Tornate da Milano, Sabrina si vede con Clarice.

– Allora? Com'è andata? Racconta –. Clarice guarda Sabrina e nei suoi occhi si legge tutta l'eccitazione per ciò che le sta capitando. Clarice abita di fronte al lungomare del Villaggio Coppola. All'interno del parco c'è un campo da calcio circondato da muretti bassi ed è su uno di questi che le due ragazze siedono insieme, tranquille, lo sguardo rivolto al tramonto.

– Ho firmato.

Clarice grida e la abbraccia, la stringe forte. Sabrina prova a ricambiare: sa che adesso ha un'amica a cui le effusioni piacciono molto e almeno nei suoi confronti deve fare uno sforzo. – E non sei contenta? – Clarice le afferra le braccia tra le mani, scuotendola. – Pubblicherai un libro!

Sabrina si passa la lingua tra le labbra secche e guarda un punto indefinito alle spalle dell'amica. – Non lo so.

Clarice corruga la fronte. – Non lo sai? Cosa significa che non lo sai?

– Ho paura, – confessa in un sussurro. – So che è una

bellissima opportunità, ma è qualcosa di cosí bello che non vedo perché debba capitare proprio a me.

– Pensi di non meritartelo?

Credo di non meritarmi molte delle cose che vivo, vorrebbe rispondere Sabrina, invece dice: – È arrivata Daniela –. Fa un cenno col mento verso gli alberi.

– Ciao ragazze –. Con Daniela c'è Giorgio, il suo ragazzo, e anche un altro amico. – Lui è Domenico.

Domenico è un ragazzo alto dalla pelle molto chiara e dai lineamenti puliti, occhi di un profondo marrone e il sorriso appena accennato. I suoi modi sono delicati, rimane per la maggior parte del tempo in silenzio e la sua voce ispira tranquillità. Lui, Daniela e Giorgio, si conoscono da quando sono bambini. Sabrina non ha mai conosciuto per intero il gruppo di amici di Daniela, non le sono mai stati molto simpatici. Domenico è il primo a trasmetterle delle vibrazioni positive.

– Di che stavate parlando? – domanda Daniela.

Clarice fa per aprire bocca, ma intercetta lo sguardo di Sabrina e dice: – Nulla. A voi come va?

22.

Quando siamo tornate a Lagos la seconda volta è stata per il mio dodicesimo compleanno, l'anno prima che partissimo per la Francia. Ti ricordi quanto piú serene eravamo la seconda volta? Riuscivo a farmi capire, conoscevo qualche parola in piú in inglese e rivedere Bukky mi ha aiutata molto. Ci avevi regalato un paio di quaderni dove annotavamo tutte le parole che imparavamo: io in inglese e lei in italiano. Le avevo insegnato a salutare e ringraziare, e anche a chiedere scusa. Sapere quelle poche cose in un'altra lingua la esaltava: era una ragazza in gamba. Sognava di studiare medicina e aiutare il proprio popolo, di tornare magari a Benin City dopo aver studiato in un'università britannica. Sognava in grande, proprio come me, e ci piaceva pensare quanto sarebbe stato bello ritrovarsi negli anni e scoprire chi delle due avesse coronato piú sogni. Lei mi diceva che imparare l'italiano le sarebbe servito per quando fosse venuta a trovarmi in Italia, a conoscere i miei amici. Io in quel periodo frequentavo le scuole medie e l'unica amica a cui potevo far riferimento era Francesca, e la voglia di farle incontrare e conoscere era davvero tanta. Volevo che venisse in Italia da me. In fondo, come io ero lí a passare un'altra estate in sua compagnia, cosa sarebbe cambiato se fosse stata lei quella che veniva nel mio Paese?

Tu, mamma, non hai mai fatto scoppiare la bolla in cui

ci rintanavamo, hai lasciato che credessimo fosse tutto facile, tutto possibile. Per te e per molte donne nigeriane arrivate in Italia non lo è stato, ma non era tuo compito in quel momento spegnere i sogni miei e della mia prima vera amica nera. Io e Bukky eravamo diventate inseparabili, lei era contenta di avere un'amica italiana, io lo ero di averne una che mi facesse sentire a casa. Non avevo mai avuto un'amica di colore prima, e anche se sapevo che non me la sarei portata in Italia, non subito almeno, mi piaceva pensare che una volta tornata a casa avrei parlato alla mia famiglia di lei. Ho scoperto tardi il vuoto che mi avrebbe lasciato quell'amicizia passeggera, il bisogno di trovare qualcuno come me, capace di capire le mie insicurezze nel camminare sola, nel presentarmi, il mio dolore nello stringere la mano di qualcuno e sentire con quanta velocità scivolava via. Ciò che mi piaceva della Nigeria è che non sarei mai stata l'unica nera della stanza, che gli occhi di tutti non sarebbero mai stati solo su di me. Quella stabilità, quell'identità, mi servivano a tener vivo il mio legame con le terre africane e con il valore che portano con sé.

A Prato con te mi era impossibile fare amicizia con i figli delle tue amiche: alcuni erano troppo piccoli, altri erano troppo grandi. Quella forse è stata solo sfortuna, mamma. Però che ai loro genitori non piacessi non era un caso. Piú crescevo e piú ti dicevano che era ora di portarmi via da Napoli, che i miei modi erano troppo italiani, che ero troppo poco nigeriana. Tu eri stanca di remarmi contro, di cercare di cambiarmi. Hai intuito che era troppo tardi. Sai qual è la cosa che mi ha spaventata di piú nelle loro parole, mamma? Mi dicevano che ero troppo italiana, mentre nel Paese in cui ero nata mi veniva detto di non esserlo abbastanza. I loro figli, pur essendo nati in Italia come me, non avevano di quei problemi: la famiglia in cui crescevano era una famiglia nera, loro erano legati alla loro cultura tutto il tempo.

È capitato che anche in Nigeria i nostri parenti notassero quanto fossi italiana, o meglio, quanto alcuni miei modi di fare fossero *da bianchi*. Io non sapevo nemmeno cosa significasse un atteggiamento da bianco, ma sembrava che avessi interiorizzato il peggio di due culture lontane. In Nigeria vedevano quanto non fossi nigeriana da ciò che avevo dentro, in Italia pensavano che non ero italiana per ciò che ero fuori. Una volta, a pranzo, hai preparato gli spaghetti, che si trovavano facilmente anche a Lagos. Eravamo nel soggiorno della nuova casa, era la prima volta che venivo lí e mi piaceva da impazzire. Era un unico appartamento dove vivevamo con i nonni, Elvis, Bright e Jessica. Festos, tuo fratello maggiore, era già andato via con la moglie e lo stesso valeva per Mercy e Helen.

– What are you doing? – Bright mi ha guardato confuso.

Ho abbassato lo sguardo verso la forchetta, attorno ai rebbi c'erano gli spaghetti arrotolati. Non riuscivo a capire cosa ci fosse di strano. Lui mi ha guardata ed è scoppiato a ridere. – This! – Prendendomi in giro ha imitato il mio gesto di arrotolare gli spaghetti. Io pensavo fosse una cosa comune, che facessero tutti cosí, ovunque. Bright e Jessica invece si sono presi gioco di me, ma hanno anche provato a copiare il mio gesto scoprendo cosí quanto era comodo. Quel momento mi ha divertita e al tempo stesso mi ha fatto pensare: per quanto riuscissero a farmi sentire a casa, trovavano bizzarri i miei modi.

Quell'altalena su cui ero salita, quel non sentirmi mai abbastanza italiana o abbastanza nigeriana, ha continuato a dondolare per anni, senza darmi il tempo di capire chi o cosa dovessi essere. Ero nata in Italia eppure quello Stato non mi riconosceva in quanto italiana perché tu e mio padre eravate nati in un altro Paese, e io avrei dovuto aspettare i diciotto anni per richiedere la cittadinanza, per poi vedermela concessa solo un anno dopo.

Ricordo che la cosa che mi ha ferito di piú è stata iscrivermi al primo anno di università come studentessa extracomunitaria. Extracomunitaria, io che ero nata e cresciuta in Italia. Quando ho ottenuto la cittadinanza invece, la cosa piú bella che ricordo di aver fatto, con quello che alcuni definivano solamente un *pezzo di carta,* è stato andare a votare. Potrà sembrarti banale, ma per me era importante. E appena ho potuto, l'ho fatto. Ero in fila ai seggi elettorali ed ero piú felice di quanto fosse necessario.

C'è poi una cosa che devo dirti, mamma. Ricordi quando siamo tornate a Lagos per i miei quindici anni? Bukky non c'era piú, era tornata a Benin e non poteva permettersi di venire a Lagos perché il padre aveva perso il lavoro e non riusciva a pagarle nemmeno piú gli studi. Ricordo la mia tristezza alla scoperta di quella notizia e anche quanto mi fu vicina Jessica, che piú che una zia era diventata un'amica, una confidente. Mi avevi promesso che un giorno a Benin ci saremmo andate, ma non era ancora il momento. Nonna Felicia non era d'accordo perché Benin City era una città troppo pericolosa per chi veniva dall'estero come me.

Io non potevo quindi, ma tu sí, essendoci nata e cresciuta. E quell'anno ci hai passato quattro settimane. E ricordi perché eri andata a Benin City lasciandomi a Lagos? Perché eri innamorata. Perché avevi finalmente trovato un uomo per te, Osahon. Continuavi a parlarmene come dell'uomo piú bello dai tempi di mio padre. Hai detto che avresti voluto sposarlo e farci altri figli.

Quando siamo arrivate a Lagos tu sei subito partita. Mi

hai affidata a Jessica e hai promesso che saresti tornata dopo sette giorni. Io ormai parlavo un inglese fluente e tra me e la nostra famiglia non c'erano piú intoppi. Jessica mi stava addirittura insegnando l'edo. Ricordo che quella settimana è passata velocemente proprio grazie a lei che mi stava vicina tutto il giorno, e si assicurava che mangiassi e che non mi mancasse nulla. Andavamo insieme al mercato e se qualcuno provava anche solo a sfiorarmi Jessica partiva come un lupo e mostrava i denti.

Passata la prima settimana hai chiamato e hai detto che saresti tornata quella dopo: ti andava di trascorrere ancora un po' di tempo con Osahon perché in fondo non vi vedevate mai e tu tra poco saresti tornata in Italia. Per me non era un problema: tanto c'era Jessica. Avevo anche iniziato a mangiare cibo nigeriano: il mio piatto preferito era l'*ogbono soup*, a base di semi di ogbono macinati e con l'aggiunta di pesce o carne. Nonna Felicia aggiungeva sempre tanto pesce perché sapeva che lo preferivo alla carne. Preparava l'*ogbono soup* almeno una volta alla settimana proprio perché a me piaceva da impazzire. È stata anche l'ultima cosa che ho mangiato prima di ripartire. Nonna ha detto che lo aveva preparato apposta perché la rendeva felice vedermi mangiare e voleva che le lasciassi quel ricordo. Sai cos'è bello, mamma? È bello che le nonne di tutto il mondo siano uguali. Nonna Anna, la madre di Antonietta, ogni volta che partivo per venire da te in Toscana mi preparava sempre gli gnocchi al sugo. Il mio piatto italiano preferito da quando ero bambina. Nonna Felicia ha preparato quella zuppa anche quando, la settimana dopo ancora, mi hai chiamata e hai voluto posticipare il tuo ritorno di due settimane. Saresti arrivata per il mio compleanno e poi saremmo partite. Quando lo ha saputo, nonna era molto arrabbiata. Continuava a dire che ti eri innamorata di un uomo che ti teneva lontano da tua figlia. Io non capivo dove fosse il problema. Io stavo bene.

Mentre eri via ho iniziato a uscire anche con Bright. Jessica cantava nel coro della chiesa e a volte non mi andava di raggiungerla. Zio Bright collaborava con uno studio d'animazione e morivo dalla voglia di conoscere il suo lavoro e i suoi colleghi. Ci passavamo un paio di volte alla settimana ed erano sempre tutti molto felici di vedermi e mostrarmi le loro creazioni. Era la prima volta che entravo in uno studio d'animazione.

Una volta eravamo in soggiorno a guardare la tv e ho riconosciuto una loro pubblicità. – Brother Bright, look! – ho detto esaltata. – It's your animation.

Lui ha sorriso. – Yes, it is –. Era anche piú esaltato di me nel mostrare alla madre e a Jessica che il suo lavoro contava qualcosa, che passava anche in tv. Loro non hanno mai creduto in ciò che faceva perché il suo mestiere non fruttava abbastanza. Bright si occupava solo del montaggio dei video e non lavorava sempre, lo chiamavano solo quando c'era bisogno.

Un pomeriggio, rientrati dallo studio, ho scoperto che eri tornata. Non ti sei accorta che ero entrata perché stavi discutendo con tua madre. Lei ti urlava contro che quello che stavi facendo non andava bene, che ti stavi comportando come una ragazzina e non capivi quali fossero i limiti.

Hai detto: – I've suffered my entire life for this family! I deserve happiness, now, mama!

Lei ti guardava e scuoteva la testa, seduta sulla sua poltrona preferita. – You left your daughter here for a month! And for what, *Esosa*? For a man you barely know.

Quando ti sei voltata e mi hai vista avevi gli occhi pieni di lacrime. Io ti ho salutata ma tu mi hai ignorata, sei tornata a discutere con tua madre, ma questa volta in edo in modo che io non potessi capirti. Non ti avevo mai vista cosí arrabbiata.

Il giorno del mio compleanno tu e tua madre continuavate a non parlarvi. Tu mamma volevi solo un po' di felicità, perché tutte le tue sorelle, tranne Jessica, erano sposate e vivevano con i propri mariti e i propri figli. Volevi quella stessa stabilità, volevi l'amore e una famiglia perfetta come l'hai sempre desiderata sin da ragazzina. Io ero la tua unica figlia e non vivevamo nemmeno insieme. Eri triste, cosí triste che il giorno del mio quindicesimo compleanno è stato quasi un disastro. Non avevate ancora iniziato con gli addobbi e pur di farmi una sorpresa mi hai mandata a fare un giro con Bright, perché Jessica doveva aiutarti.

Bright aveva promesso che per il mio compleanno avremmo fatto qualcosa di speciale: voleva farmi conoscere altri suoi amici. Lui era piú grande di me di otto anni, ma si comportava come un adolescente e nel suo vocabolario la parola «pericolo» non esisteva. Credeva di avere sempre tutto sotto controllo ma si metteva nei casini per questioni di soldi, e i nonni erano sempre arrabbiati con lui. Tu lo giustificavi dicendo che era il piú piccolo e che era normale che si comportasse cosí, ma la verità era che essendo il tuo preferito hai sempre voluto giustificare le sue azioni anche quando eri consapevole dei suoi sbagli. Hai sempre provato a proteggerlo, anche quando avresti dovuto proteggere me da lui.

Quel giorno Bright mi ha portata in un bar pieno di uomini piú grandi e mi ha presentata a uno di loro: Mark. Era un uomo di quarant'anni, ma sembrava piú giovane. Ricordo la sua età perché per lui era quasi un gioco, mi ha guardata e mi ha chiesto secondo me quanti anni avesse.

– I don't know, – ho risposto, sincera. – I think... twenty-nine?

Lui e i suoi amici sono scoppiati a ridere, poi mi ha confessato di averne quaranta. Ha detto che sembrava piú giovane come io sembravo piú grande. Le attenzioni di Mark non mi piacevano, ma Bright diceva che era gentile e faceva cosí con tutti. In realtà a me non sembrava gentile con Bright: lo guardava con fastidio e rideva di lui insieme ai suoi compagni.

Io ero seduta in un angolo con una bottiglia d'aranciata, mentre tutti bevevano alcol. Mi sentivo stretta in quella stanza come se le pareti provassero a inghiottirmi, volevo tornare a casa e stare insieme a te e Jessica. Però tu avevi detto che potevo fidarmi di Bright. Io di lui non mi fidavo davvero, ma mi fidavo di te. Volevo che ti sentissi al sicuro nel lasciarmi andare in giro con la tua famiglia, che capissi che per me non c'erano differenze anche se in realtà c'erano, e anche tante.

– Come with me, – ha detto Mark, offrendomi la sua mano.

Io ho guardato Bright, sperando mi tirasse via da quella situazione. Lui ha annuito, facendomi segno di non avere paura e di andare con Mark. Io non volevo e ho rifiutato.

Mark è scoppiato a ridere. – I just want to buy you something to eat.

– Don't worry, go. I'll be right here, – mi ha assicurato ancora Bright, continuando a bere.

Mark mi ha presa per mano e siamo usciti dal bar. Non appena fuori mi ha indicato il piccolo pub dietro la stazione di benzina. – See? Right there. It's not far.

Sapere che non ci saremmo allontanati troppo mi ha sollevata, mi sono fidata e l'ho seguito. Quello che mi dava fastidio era che mi teneva per mano; le sue dita riempivano gli spazi vuoti fra le mie e non mi lasciavano andare. Io avevo il cuore nelle orecchie e le mani mi sudavano, tutto quel contatto con quell'uomo mi portava alla mente notti buie e silenzi. Ed è proprio lí che ho iniziato a capire che quel malessere allo stomaco aveva delle radici nascoste in profondità. Ero spaventata e volevo tornare a casa. Lui è stato di parola, mi ha comprato un pasticcio di carne e una bevanda. Siamo tornati subito verso il bar, ma non prima che un uomo ci fermasse per complimentarsi con noi. Sai cosa ci ha detto, mamma? Ci ha detto che eravamo una bellissima coppia, che i nostri figli sarebbero stati altrettanto belli, e Mark, invece di dire che non eravamo una coppia, si è dimostrato lusingato. Mi ha guardata e mi ha detto che era vero, che entrambi eravamo molto belli. Il sangue mi si è gelato all'istante.

A quel punto mi ha baciata; un bacio veloce sulle labbra e io sono rimasta immobile, era come se non fossi veramente lí, ma stessi osservando la scena dall'esterno. Ho ingoiato la bile che mi era salita fino in gola e quel secondo mi è sembrato un'eternità.

Quando siamo tornati al bar mi sentivo la creatura piú sporca del mondo, come se mi fosse stata strappata via l'innocenza. Non avevo mai dato un bacio fino ad allora, era la mia prima volta e sapeva di male e sangue. Il sangue che sentivo sulla lingua però era il mio, me l'ero morsa cosí forte da farla sanguinare. Avrei dovuto dirti subito cosa c'era che non andava, ma non avevo il coraggio di parlarne. Non volevo che ti arrabbiassi, non volevo che litigassi con nonna perché mi avevi lasciata andare con Bright e avresti dovuto saperlo che era una pessima idea.

– Can we go home? – ho domandato a Bright appena l'ho rivisto.

Tutti lí, tranne lui, ridevano a squarciagola e pronunciavano parole a me incomprensibili. Bright mi dava le spalle e non capivo cosa stesse succedendo, ma quando si è voltato ho letto nei suoi occhi lucidi quanto fosse ubriaco.

– Your uncle it's so drunk! – Ha urlato un uomo, portandosi le mani allo stomaco. – Damn… Bright, look at you!

Bright ha abbassato lo sguardo sul cavallo dei suoi jeans. Io ho fatto lo stesso. Era bagnato, si era addirittura fatto la pipí addosso senza accorgersene. Non potevo credere a quello che vedevo, mi sembrava impossibile che qualcuno potesse arrivare a tanto. Era completamente fuori controllo e io non ci trovavo nulla da ridere. Ero cosí nervosa che non riuscivo nemmeno a essere disgustata. Sentivo il cuore piú forte delle loro parole. – Brother Bright? – Lui si è alzato e ha iniziato a barcollare. Era la prima volta in vita mia che vedevo una persona cosí ubriaca, tanto da non reggersi nemmeno in piedi. Mark gli si è avvicinato e lo ha aiutato a tirarsi su, era l'unico lí a non trovarlo divertente.

Mark mi disgustava, ma ero sul punto di chiedergli di accompagnarci a casa perché non sapevo come avrei fatto da sola. Non eravamo per nulla vicini. E io non avevo la piú pallida idea di come si chiamasse la via di casa nostra, perché a Lagos funziona tutto diversamente e i quartieri vengono suddivisi con altri criteri. Non ho mai avuto bisogno di saperlo perché non ero mai da sola, eppure in quel momento, anche se c'era tuo fratello con me, mi sentivo come se tu mi avessi abbandonata. Ero arrabbiata con te ma non volevo dirlo, non volevo accettarlo. Mark ci ha accompagnati all'esterno e ha fermato una moto. A Lagos anche le moto fanno da taxi, portano piú di una persona alla volta se necessario, con l'unico problema che il solo a indossare il casco è l'autista. Mi sono seduta in mezzo. Bright dietro di me. Quando l'uomo alla guida ha notato che tuo fratello faticava a salire mi è sembrato infastidito, ma non ha detto una parola. Mark ci ha lasciato dei soldi per pagare il viaggio, e siamo partiti subito.

– I'm happy you're here with me, – mi ha biascicato

all'orecchio Bright. La puzza d'alcol che si portava addosso era estenuante. E a quell'odore si univa quello dell'urina che impregnava i pantaloni. – When you're with me, they respect me!

Quando mi ha detto quella frase ho capito che io per lui ero qualcosa da sfoggiare, un lasciapassare per le buone amicizie. Tutti erano contenti di avermi intorno perché ero la nipote che arrivava dall'Europa. – I love you, – è stata l'ultima cosa che mi ha detto prima di muoversi troppo e far sbandare la moto. Avevamo quasi toccato il suolo con le gambe e io avevo gli occhi pieni di lacrime, ma sapevo che se fossi crollata non saremmo tornati a casa.

– It's enough, – ha sbottato l'uomo alla guida della moto mentre cercava di raddrizzarci.

Stava per lasciarci lí, non voleva nemmeno essere pagato. Non riusciva piú a sopportare che Bright fosse cosí ubriaco da impedirgli di guidare. Io l'ho guardato e l'ho pregato di portarmi a casa. L'ho letteralmente implorato, gli ho detto che non conoscevo la strada e non sapevo come tornare. Gli ho offerto dei soldi. Credo sia stato il mio sguardo impaurito a convincerlo, perché alla fine ci ha riportati a casa senza aggiungere null'altro. Per nostra fortuna mancava veramente poco e, appena scesi, come promesso ho dato tutti i soldi che avevo con me all'uomo che mi ha permesso di ritornare sana e salva. Non pensavo che mi sarei mai ritrovata in una situazione del genere, ma portavo sempre con me qualche *naira* di riserva nel caso avessi avuto bisogno di soldi.

– Sabrina?

Bright mi ha chiamata mentre salivo velocemente le scale. Sono entrata senza guardare in faccia nessuno e senza salutare pur sapendo quanto questo ti avrebbe fatta arrabbiare. Il saluto era una forma di rispetto ed era importante che io salutassi sempre gli adulti, ogni volta. Ero cosí arrabbiata. È stato il compleanno peggiore della mia vita. Non avevo mai provato tutta quella paura, volevo sparire con la faccia nel cuscino.

– My love... – Nonna Felicia mi ha seguita in camera, si è seduta accanto a me e ha iniziato ad accarezzarmi la schiena.

Presa dal panico, le ho detto la cosa peggiore che potessi dire: – I want to go back to Italy –. Singhiozzavo mentre parlavo. Dal soggiorno arrivavano le tue urla e quelle di Jessica nei confronti di Bright. Quando avete visto quanto fosse ubriaco vi siete arrabbiati tutti con lui, gli avete dato dell'irresponsabile e del bambino. Eri arrabbiata anche tu, mamma. Non potevi credere a ciò che vedevi. Eppure, la cosa che mi ha ferita di piú è che quando sei arrivata da me hai detto: – Non piangere, è solo ubriaco. Anche i tuoi cugini bevono, no? Non hai mai visto Salvio bere? Smetti di piangere, sei grande.

Tu lo avevi visto tuo fratello: i pantaloni bagnati di urina, le parole incomprensibili che uscivano dalla sua bocca e la mezz'ora passata in bagno a vomitare. Come hai potuto pensare, anche solo per un attimo, che io fossi abituata a qualcosa del genere? Ti ho spiegato ciò che era successo con Bright, senza aggiungere alcun dettaglio che riportasse a Mark. Ero cosí sconvolta che non riuscivo nemmeno a dirti tutto ciò che volevo, mi limitavo a tuo fratello. Mi hai chiesto scusa e hai annullato la festa di compleanno. Sono rimasta in camera con Jessica: solo lei è riuscita a tranquillizzarmi fino a farmi addormentare.

Quando mi sono svegliata, in camera mia c'era Bright seduto di fronte al mio letto. Mi parlava, chiedeva scusa. Avevo appena aperto gli occhi e Bright era l'ultima persona che avrei voluto vedere. Non ricordo nulla di ciò che mi ha detto, mamma.

– Bright, leave her alone –. Nonna Felicia è entrata in camera giusto in tempo.

Io mi sono alzata e in silenzio mi sono diretta in soggiorno. Bright continuava a seguirmi e a chiedermi scusa, a promettermi che non sarebbe piú successo. E quando mi ha afferrato la mano per fermarmi, mi sono voltata di scatto, gli sono saltata addosso e gli ho graffiato il viso con le unghie. Ero fuori di me. Non capivo. Hai lasciato che aggredissi tuo fratello, che mi precipitassi su di lui e gli ferissi il viso con le mani. Non sapevo cosa volevo ottenere perché non ero mai stata una persona violenta e quando mi sono accorta che sanguinava ho sentito che dentro di me c'era come una macchia nera che non mi apparteneva. Jessica mi ha fermata e mi ha abbracciata, ha lasciato che piangessi tra le sue braccia seduta a terra.

Perché non mi hai fermata, tu, mamma?

Pensavi che mi sarebbe stato utile? Pensavi che sarebbe servito a calmarmi?

Ero ancora stretta tra le braccia di Jessica quando mi hai guardata dall'alto senza dire una parola.

Forse, se quel giorno avessi detto qualcosa, oggi ci parleremmo ancora.

23.

Quando parlavi di mio padre dicevi che ne eri innamorata persa ma che al tempo stesso ti aveva fatto soffrire cosí tanto che non avresti mai piú voluto vederlo. Poi è arrivato Osahon e ti sei sposata con lui, in Nigeria: io avevo scuola e non sono potuta venire. Alla tua famiglia Osahon non piaceva. E a me non piaceva che tu mi obbligassi a chiamarlo papà. Non ho mai chiamato papà nemmeno Giovanni, il compagno di Antonietta, con cui sono cresciuta e che per me è stato davvero un padre. Ho voluto bene come a un padre a zio Nando e a zio Lello, ma non li ho mai chiamati papà.

E questo doveva bastare a me, solo a me e a nessun altro.

Tutti gli uomini adulti della mia famiglia mi hanno amata come una figlia indistintamente dal ruolo che ricoprivano, e non hanno preteso nulla.

Mi hai sempre detto di fare attenzione agli uomini in generale, che sono una bella ragazza e che sarebbero stati interessati solo a portarmi a letto. Dovevo aspettare almeno i venticinque anni prima di interessarmi all'altro sesso, completare gli studi e poi trovare un marito che sapesse provvedere a me. Hai sempre desiderato vedermi madre, mentre a me l'idea di diventare madre non entusiasma nemmeno un po'.

Ciò che ho sempre voluto è l'indipendenza.

Ora devi sapere che il primo ragazzo l'ho avuto al liceo, si chiamava Antonio e siamo stati insieme quasi due anni.

La prima volta che ho pensato di essere innamorata, però, di anni ne avevo già compiuti diciannove e il suo nome era Stefano. Lui non era di Napoli, era un militare. Ero cosí convinta di essere innamorata. Avrei voluto parlartene, ma non ho potuto condividere con te quell'amore, non ho potuto chiederti consigli, non ho mai potuto piangere sulla tua spalla quando io e lui abbiamo deciso di lasciarci.

Ti dico anche che ho capito di non essere innamorata di Stefano quando ho conosciuto Nicola, un ragazzo pugliese che oggi è specializzando in medicina. Ho sempre immaginato che lui invece ti sarebbe piaciuto. Mi ha insegnato molto, soprattutto sull'Africa. Forse è stato uno dei pochi che, grazie alla sue esperienze e alla sua maturità, quando guardava me vedeva me e basta, e non una ragazza nera da conquistare per soddisfare una fantasia sessuale. Per anni ho avuto paura che gli uomini bianchi in me vedessero solo quello, che i loro *non sono mai stato con una nera* si sarebbero protesi in eterno.

Una volta, tempo dopo esserci lasciati, ho rivisto Antonio, e lui, a un certo punto, se n'è uscito con questa cosa: si è scusato per quelle volte che mi aveva fatta sentire come una fantasia e nient'altro. E sai qual è la cosa peggiore, mamma? Io non me ne ero mai accorta. Ero cosí contenta di starci insieme che quando diceva: «Baci proprio come una nera» pensavo fosse un complimento. Ho capito come ti sentivi quando ti sceglievano per il colore della tua pelle, quando volevano avere la meglio sul tuo corpo e sulla tua identità. Sai, è stato faticoso fare i conti con tutto questo da sola. Nessuno mi aveva preparata.

Quando ci siamo viste l'ultima volta avevo diciannove anni. Sei venuta a cercarmi di persona perché eri stanca di sentirti ignorata. Ero tua figlia, hai detto, e quando mi chiamavi al telefono io ti dovevo rispondere. Era mio dovere. Era un tuo diritto. E avevi ragione, mamma. Stavo sbagliando. Ignorare la gente è una brutta cosa. Antonietta mi ripeteva ogni giorno che mi stavo comportando come una ragazzina, che eri mia madre e meritavi di essere ascoltata. Piuttosto che ti dicessi ciò che non andava, che ti spiegassi perché ce l'avevo con te. Ma quel silenzio arrogante, quello no.

– Sabrina, devi dirmi cosa c'è che non va, – mi hai pregata, seduta al tavolo di fronte a me, gli occhi pieni di lacrime. Io pensavo che far piangere la propria madre fosse qualcosa di ignobile, che avrei dovuto sentirmi in colpa. Non ero contenta di vederti piangere, ma non riuscivo a dare un nome a ciò che provavo. Non ero arrabbiata, ma nemmeno felice di averti lí con me. – Sono tua madre, ti ho portato dentro di me per nove mesi, – hai continuato con la voce spezzata. – Sarai per sempre mia figlia. Se ho sbagliato devi dirmelo.

Io ti guardavo e odiavo sembrarti impassibile. – Ti voglio bene, – ho detto.

Lo pensavo davvero, e lo penso tuttora.

– I love you too, my love –. Mi hai preso la mano e l'hai stretta nella tua.

– Mi spiace non aver risposto alle tue chiamate. Ti prometto che non succederà piú.

Mi hai guardata e hai fatto la cosa piú semplice: mi hai creduta. Ti ho anche detto che se non ti chiamavo era perché mi sentivo messa da parte a causa della tua relazione con Osahon, ma dicendolo, per quanto potessi sembrare convinta, sapevo che non era quello il problema. Te l'ho detto e pensavo che fosse solo quello, che magari non ero ancora maturata abbastanza da pensare che un uomo nella tua vita non mi avrebbe resa gelosa.

In realtà ero cosí persa emotivamente da non capire che il problema non era Osahon.

Quella, mamma, è stata l'ultima volta che ci siamo viste, ricordi?

Abbiamo ricominciato a parlarci per qualche altro mese, ma poi il dolore tornava a galla e riuscivo a stare bene solo se non fingevo di essere la bambina a cui avevi detto che se non si fosse comportata bene con te non sarebbe mai tornata a casa. Ed ero stanca di mostrarmi come la figlia perfetta, ero stanca di provarci fino allo sfinimento e di non essere mai abbastanza. Ero stanca di fingermi credente, di chiamare padre un uomo che avevo visto una volta in vita mia, di passare sotto lo sguardo delle tue amiche che mi rimproverano di comportarmi da italiana. Ti ho sempre amata, mamma. E non smetterò mai di amarti. Anche se oggi sono tre anni che non ci parliamo, anche se mi hai detto di essere incinta con un messaggio sul telefono quando eri al sesto mese. Ti ho amata anche quando è venuta al mondo la tua bambina, quella che ti avrebbe permesso di avere la famiglia che con me non hai avuto. E mi dispiace non averti chiamata, non averti chiesto di lei.

Ti prometto che tornerò da te quando avrò capito chi sono, quando guardarti non mi ricorderà tutto ciò che non sono stata capace di essere. Perciò ti dico: addio, a domani.

Epilogo

Il 25 maggio 2020 la morte di George Floyd per mano di un agente della polizia di Minneapolis diventa l'ennesimo simbolo dell'abuso di potere da parte delle forze dell'ordine nei confronti degli afroamericani. Le immagini agghiaccianti dell'ufficiale Chauvin che tiene il ginocchio sul collo di Floyd, disteso accanto alla volante della polizia, per nove interminabili minuti, di lui che lo implora dicendo «I can't breathe» e poi muore, fanno il giro del mondo. Il movimento Black Lives Matter organizza manifestazioni come grido di protesta per le vite dei neri schiacciate da un razzismo sistemico che sembra non finire mai. Una di queste ha luogo a Napoli, di fronte al Consolato Americano in Piazza della Repubblica.

Sabrina negli anni ha imparato a distinguere il razzismo in tutte le sue forme, tra quelle nascoste nella perplessità di chi dice che, nonostante sia nera, parla bene l'italiano, fino a quelle estreme di chi brinda alle morti degli immigrati africani nel mediterraneo. Il razzismo che la colpisce in quanto donna e nera quando cammina da sola per strada e viene subito percepita come una prostituta. Il razzismo che ha visto sua madre oggetto delle fantasie degli uomini bianchi. Il razzismo che priva del diritto di cittadinanza per nascita i figli degli immigrati, e di conseguenza vieta loro il diritto al voto, la partecipazione ai concorsi pubblici e ai campionati nazionali se in squadra il numero di stranieri eccede, anche se quegli stranieri sono nati nello stesso ospedale e hanno frequentato le stesse scuole dei loro compagni italiani.

Quella rabbia e quella consapevolezza portano Sabrina a ritrovarsi alla stazione di Napoli Centrale, diretta alla manifestazione di fronte al Consolato Americano per affiancare i propri fratelli e sorelle. – No, non ho ancora deciso se dirò qualcosa, – dice Sabrina al telefono parlando con Domenico. Da quando Daniela si è trasferita a Foggia qualche anno prima, a Castel Volturno con lei sono rimasti solo Domenico e Clarice.

– Ark non ti ha inserito nella scaletta?

– Sí, ma non ho preparato nessun discorso. Parleranno in molti, non so davvero cosa potrei aggiungere io, – sospira camminando.

– Devi parlare di te, dire ciò che provi. Non ci credo se mi dici che non ti viene in mente nulla da dire.

– Ho solo l'impressione che una volta lí, sarò sommersa dall'emozione, – confessa Sabrina. – Avrei dovuto preparare qualcosa.

– È cosí, se sei naturale, se pensi semplicemente a cosa dire sul momento.

– Forse è meglio che non mi ci avvicino proprio al microfono.

– Ascolta, se pensi di non volerlo fare, non farlo. Devi stare bene, questo è ciò che conta. Sei lí per sentirti parte di qualcosa. Ma se non vuoi parlare perché pensi che le tue parole non contino, allora lasciati dire che non hai capito un cazzo, – conclude.

Sabrina sorride. – Devo andare. Ti tengo aggiornato.

Chiude la telefonata. Non fa in tempo a pensare da che parte andare che un ragazzo si avvicina e le chiede se per caso è diretta anche lei alla manifestazione.

Sabrina annuisce. – Sí, quella per George Floyd.

Lui sembra sollevato. – Ti spiace se facciamo la strada insieme? Non sono di Napoli e non ho idea di come muovermi.

È un ragazzo bianco, forse un paio d'anni piú piccolo di lei. I suoi capelli iniziano con un castano chiaro, ma le punte sono colorate di rosa, ha un'aria amichevole e non le spiace fare il tragitto insieme a qualcuno visto che la strada è lunga. – Va bene. Cosí se finiamo per perderci, ci perdiamo in due.

– Io sono Mattia.

– Sabrina.

Mattia è una piacevole sorpresa. È di Frattaminore, ha diciotto anni. Insieme percorrono tutto il tragitto nella metro 2 diretta a Mergellina, una delle fermate piú vicine al Consolato.

– Mi dispiace essere qui da solo, ma sono contento di aver incontrato te.

– Perché ti dispiace essere da solo? – chiede Sabrina.

– Volevo portare degli amici. Credo che oggi sia importante essere qui.

– Già, – risponde Sabrina. – Sicuramente non risolviamo il problema con una manifestazione. Ma è già una bella cosa esserci, farsi sentire.

– Io sono gay. Faccio parte di una minoranza anch'io. Non capirò mai cosa significa essere discriminati in quanto neri, ma so cosa vuol dire essere percepito come diverso, come sbagliato.

La maggiore parte dei presenti alla manifestazione sono giovani, a volte poco piú che ragazzini. Sabrina riconosce molte facce amiche di ragazzi neri di Castel Volturno e quando loro vedono lei l'abbracciano senza preavviso, come se abbracciarsi fosse l'unica cosa da fare: un unico grande abbraccio solidale che la travolge e che la porta a scambiare sorrisi d'affetto con gente a cui in passato ha rivolto solo qualche parola. Quella fratellanza che le è sempre mancata e che adesso sta vivendo, è tanto preziosa quanto inaspettata. Mattia le rimane accanto tutto il tempo. Sabrina dà spesso l'impressione di non riuscire a reggere le emozioni, soprattutto quando cominciano gli interventi dei ragazzi e delle ragazze nere. Uno in particolare è quello di Fatima, una ragazza nata in Costa d'Avorio e arrivata in Italia da bambina, attivista antirazzista che Sabrina ha conosciuto sui social. Ora è lí, con il microfono tra le mani e la rabbia in petto che elenca i morti nel Mediterraneo dall'inizio dell'anno. Li chiama per nome, uno a uno, e ogni volta che pronuncia un nome, alza lo sguardo e fissa negli occhi qualcuno e quello sguardo è cosí penetrante da creare una profonda empatia.

– Sai cosa fa piú male in tutto questo, in tutti quei nomi?

Mattia la guarda. – Cosa?

– Sapere che per quanto possiamo provarci, per quanto possiamo essere qui, per quanto possiamo fare la nostra parte... non sapremo mai quando quella lista finirà –. Mattia la guarda ma non proferisce parola, non sa cosa aggiungere.

– Sei tu Sabrina? – Entrambi si voltano e vedono un ragazzo basso con in mano una lista.

– Sí.

– Vuoi ancora fare il tuo intervento?

Mattia la guarda e le sorride, invitandola a farsi avanti. Sabrina guarda Fatima che, concluso il suo intervento, si lascia stringere in un abbraccio da un gruppo di ragazzi neri. Il viso rigato dalle lacrime, ma il corpo stretto nell'amore.

– Sí, – risponde Sabrina, decisa.

– Perfetto, puoi andare anche adesso.

– Io sono qui ad ascoltarti, – le dice Mattia. – Non mi muovo da qua.

Sabrina sorride e si fa spazio tra la folla, sale sul palco. – Vorrei invitarvi ad alzare tutti un braccio, – dice quando prende il microfono, – e a tenere il palmo della mano aperto –. Mostra come fare e la piazza intera, insieme a lei, alza un braccio verso l'alto. – Chiudete un dito ogni volta che una delle frasi che dico ha a che fare con voi, se avete vissuto quella situazione almeno una volta, okay? – La folla sembra aver capito, la gente annuisce. – Abbassa un dito se almeno una volta nella vita hai sentito che la gente conoscesse la tua storia solo perché conosceva il colore della tua pelle. Se ti hanno detto che in questo Paese non dovevi starci, che dovevi tornartene da dov'eri venuto perché quelli come te, qui, non sono i benvenuti –. Tutti i ragazzi e le ragazze nere presenti abbassano un dito. – Abbassa un dito se hai avuto il cuore in gola passando di fronte alle forze dell'ordine perché, anche sapendo di non aver fatto nulla di male, i loro occhi erano puntati su di te. Abbassalo se ti hanno sempre chiesto il permesso di soggiorno e mai… – insiste su quella parola, dandole il tempo di sedimentarsi, – … mai i documenti. Perché la tua pelle dice che se sei qui, o sei un irregolare o hai un permesso di soggiorno. Nessuno si aspetta che tu sia italiano –. Tantissimi abbassano un altro dito. – Abbassa un dito se ti sei sentita oggetto degli occhi degli uomini che ti guardavano come qualcosa di esotico, come una fantasia. Se ti hanno vista e hanno pensato che con te avrebbero scopato volentieri perché sai di selvaggia, – aggiunge con cattiveria. – Abbassa un dito se sei stanco di non trovare casa perché non affittano a quelli come te, «perché non pagate». E quelli come te non li prendono a lavorare, soprattutto a contatto col pubblico perché alla gente potrebbe dare fastidio essere serviti da quelli come te –. Manca un solo dito. – Abbassa un dito se hai mai avuto paura di poter morire di razzismo, di poter morire perché quello che sei fuori ha dato il diritto agli altri di spegnere ciò che sei dentro –.

– Io qui sono rimasta senza dita! – grida Fatima agitando il pugno nella sua direzione.

– Se avete ancora su tutte le dita, sappiate che quello è il vostro privilegio bianco. E no, non è una vostra colpa, – chiarisce Sabrina. – Ma lo diventerà nel momento in cui ignorerete ciò che succede al ragazzo col pugno chiuso al vostro fianco.

Nota dell'autrice.

La narrazione di tutti gli avvenimenti precedenti alla mia nascita è il frutto delle conversazioni avvenute con i miei zii ai quali ho chiesto di raccontarmi com'è andata. I primi anni della mia vita, ogni ricordo ed episodio, mi sono stati narrati dalle mie mamme. La loro memoria ha contribuito significativamente all'inizio di questa storia.